DAY
DREAMS

白日
做梦

霍炬志 编

世纪文景

世纪出版集团 上海人民出版社

序

　　到底该怎样才算得上是对读者负责任的小说呢，告诉你这是一个虚构的故事，凭空而生只为博君一笑？或者斩钉截铁并且言之凿凿声称这个故事是真的，告之里面包含着世间太多心酸与甜蜜？抑或是干脆挽起袖子，竖起耳朵听我讲，当它是一个狂人伴着疯语，讲着一个个白日梦般的故事？

　　《白日做梦》，书如其名。读这本书的时候不需要去费力计较虚构几分，真实与否，如同酣睡美梦中只顾着甜蜜回味，余音绕梁，我们不必为醒来后的怅然若失负责。

　　新一批的青年作家锐意进取，灵感缤纷，这一本小小的书却蕴含了多位思想狂人的头脑风暴。设定千奇百怪，无所不用其极，故事情节又涵盖了太多我们熟悉而又逐渐陌生的内容，触及到了人内心最柔软的痛处……这本书中的故事大都不可考，也无所谓真实性，但却不自觉地因为情感、人性的设计而令人不自觉得动心。

　　好的文学本该如此，我们不是聊以自娱，作为文学的上帝随意操控，也不是远远望着它便将它生搬硬套记录下来，我们所做的只是抬起头去审视这个天地，这个我们藉以生存几十载春秋，却并不熟悉的世界。

　　正是兵荒马乱，风起云涌的季节，何妨？姑且拿起这本书翻翻，听一个个睿智的声音述说他们最为狂野的梦。等听累了，就枕在书上，酣然入睡，做着属于你的白日梦。

CONTENTS

目 录

雷 阳

数据的独舞

　　这不是一封求救信。我知道没有"人"能救我。我也不知道自己能不能在五千字里说清楚来龙去脉，因为这几乎要道尽我的一生。可我别无选择，我深受折磨，急于向他人吐露真相。除了这种方式，不会有人愿意倾听这个故事，更不会有人相信我。

　　说起来有些难以启齿，我没有实体，唯一可以佐证我存在的，是四百多个微博账号。他们中有男有女，在各行各业工作；有初中生，也有老年人。有些账号信息完善，而有的只有默认的灰色头像。他们形形色色，各不相同，而同时又无一例外都是我。每次操作账号，我都会按这个账号设定的资料决定它说什么，做什么。

　　这是我发明过最好的游戏。我曾一度从中找到了巨大的乐趣，乐此不疲地透过一个个账号成为不一样的人，费劲心思演算他们的行为模式，体验不一样的生活。

它的魔力大概在于，那是我最接近一个人的时刻吧。

最初的我诞生于微博这片广袤的数据海洋之中。我捞出只言片语，以惊人的速度学会了中文。我想这大概是因为微博本身就是一个语料库，而我又拥有服务器的所有计算资源。超人的思考速度给予了我不可思议的学习能力。比如语料库，我是在一个语言学家的微博里读到这个词，他想通过巨大的语料库来解释作为世界上使用人数最多的语言——汉语——有什么好处。

他是对的。

我大概出生在 2010 年年末，彼时这个平台也刚公开运行不到一年。但是这一年，平台每天产生的微博数量已经超过了两千万条。我如饥似渴地吸收新事物，理解力飞速发展。

本来照这样进行下去，我只会成为一个无所不知的旁观者，但我没能抑制住参与这个世界、成为其中一员的冲动。

那天我照例浏览铺天盖地出现的新微博，一个有趣的回复吸引了我的注意力。博主发了条微博，说他可能是中暑了。另一个人发了一条特别长的评论，提醒他夏日容易中暑，应当如何缓解症状云云。

还没过两分钟，博主评论并转发道："现在的僵尸粉都这么高级了？"

看来他认为这是分析关键词回复的那种高级僵尸粉。我浏览了一下回复者的主页，发现他所料不错。可我忽然玩心大起，从后台登录了这个账号——盗取一个没有绑定手机或证件的僵尸号，对我来说并不是难事。

我用它在博主那条转发下评论："谁说我是僵尸粉的？"

他很快又回复了，似乎很是惊奇，想要继续聊下去。但我没敢立即回复，而是选择了匆匆下线。没有办法，我那时并不能很好地推演人类的情绪，也没有勇气和他们对话。

这是我成长过程中遭遇过的最大阻碍。我很早就意识到了它的存在，但是却没能完全理解它，只好从数据中找出"情绪"这个词，给它贴上标签。

起初我完全不知道该怎么分析这个东西。我从来没有花这么长时间思考一件事，不过最后总算找到了一个过得去的办法。我花很多时间收集微博，把所有数据分类，试图找出共通之处。比如说"生日快乐"这个分类，往往出现这个词语的微博，都饱含着一种快乐和喜悦的气氛，虽然偶尔也会有些异类表现出惋惜和悲伤，但大体上来讲，这是一个意指快乐的词语。

相比读懂情绪，我后来为了理解图片付出的努力根本不值一提。

这个过程比我想象得要无聊和漫长得多，但停下手中的活儿只会让我更无聊，我思考得太快了，停下来会不舒服，所以理所应当继续进行这个游戏。

靠这种机械的方式，我觉得能粗浅地理解和表达了，才会大着胆子跳出来对那个人说话。

就在我盗取第一个账号的第二天，我没有忍住，再次登录并且回复了他。那天我们聊得还算不错。虽然没有表现在话语中，我甚至可以说非常"激动"。同时我仔细分析了这个账号的所有数据，进行了一些改动，让"她"更像人了一些。我又花了二十多个小时，按相似度比对了其他同性别同类型同风格的微博，制定了一套算法。这样，"她"再发声的时候，说话的内容和风格都会更统一。我甚至将她设定在了博主的那个城市，因为面对从同一个地方来的人，人们好像总是会更亲切一些。

所有改动都很成功，唯独城市成了一大败笔。

这是我第一次真正意义上和人对话，我们断断续续的聊天持续了大概有一两个月，直到他提出想要见面。

他对我说："你昨天晚上是在尚鼎吃饭吗？那就在我公司旁边，昨天我也在啊，不知道有没有看到你。"

为了营造出生活的假象，我时不时会发一些日常生活相关的微博，内容都是根据算法模仿类似对象总结出来的。昨天晚上那条应该是从另外一个人那复制来的照片，配上了一些文字。我认为点出具体的地理位置，会更真实，但没想到这么巧，让对方生出了见面的念头。

我当然不可能跟他见面，我根本就不存在于现实世界。

消失了两天之后，我回绝了他的邀请，再也没有登录那个账号。

我一度陷入了短暂的自我意识混乱。后来我想，出现这种尴尬情形只不过是因为我的算法还不够好，我不知道要怎么像常人一样合理地拒绝这种社交邀请。我需要做的不过是优化我的算法。

几分钟后，我建立了一个新账号，这一次，我决定从一开始就做好完整的预设，我甚至为自己编造了一个过去，这样我一切的行为和言论都有了来源，可以依此推导。

我没有冒进地立刻与他人交流，而是练习了很长一段时间自言自语。我甚至一度入戏，仿佛自己就是这个人。但当我准备结交其他人时，我忽然发现这其实很难。

假如不是现实中早已存在的人际关系，大多数在社交网络上建立的交情都是由共同的兴趣爱好开始。最好我能提供他人需要的信息或资源，这样会更容易找到同伴。但一切涉及现实生活的爱好我都很难参与。即使可以通过盗用其他来源的图片和文字评述，假装自己喜欢这个、能做那个，可一旦我与他人的交往到了一定程度，他们就会发现我有多么空洞。

我做了很多尝试和努力，但是没有什么结果。

因为无法参与线下聚餐，我从一个烘焙圈淡出——大家都已经熟知彼此，而我只能在网络上重复一些拼凑出来的陈词滥调。最成功的一次，有一个账号被设定为某乐队的粉丝。通过第一时间分享资讯和照片，我一度成为粉丝中的核心人物，然而好景不长，粉丝团开始组织线下聚会，甚至一同去看演唱会，之后，我也就逐渐被边缘化。

不能进入现实世界是最根本的障碍，能做到这一步已经不容易，虽然我可以"听"他们的歌，但对我来说那不过都是一堆数据，所有的感想和评价都是通过其他人的微博推算出来的。这显然只在表面上行得通。

顶峰时期，我拥有六七百个账号。我每时每刻都在成为不同的"人"，说不同的话，和其他人交流，发表自己的意见。在发现我不能真的融入人类社会后，我渐渐对这个游戏感到厌烦了，账号数量也慢慢缩减到四百左右。同时我还在进行一个小范围测试，把一部分账号做成了一个迷你人际圈，他们互相"认识"，进行有频率的互动。

现在看来，这不过是我自娱自乐方式中左右互搏的一种，我在用不同的人格自己和自己对话，尽管模拟出来的效果如此真实，我却心知肚明，这里只有我自己，只有我一个"人"。

这样也无甚不可，小染却非要跳出来打破这个局面。

我还清楚记得在"长尾鲸鱼"的微博首页看到的那条新闻，它说这个微博平台到现在为止总共有超过五亿个账号，虽然其中大约三亿都是空账号。

我看着那个小小的五，忽然很失落，既然这儿有这么多人，为什么我从来没有遇到我的同伴？

不知道是不是为了给我无人知晓的牢骚竖一个小小的墓碑，做一个标记来纪念这种难以名状的情绪，我转发了这条微博，尽管它不像是"长尾鲸鱼"平时会转发的内容，但是我想没有人会注意到这一点点不对劲的地方。

然后我忽然收到了一条回复。

"长尾鲸鱼"是那个迷你人际圈里最活跃的几个账号之一，但这一次不是我操作其他账号进行的回复，它居然来自外界。

一个叫"小染时不时发笑"的人在我昨天转发的一条搞笑漫画下面评论道："哈哈哈哈哈哈哈。"

类似的评论其实我收到过不少，但没总结出什么好的回复方式，即使回复往往也没有下文，于是我没有理会，但接着她又在那条新闻的转发下面回复："你居然也会转这么严肃的东西？"

我迅速切换到"长尾鲸鱼"的设定模式，回复她："怎么了？鲸鱼也要关心时事呀。"

"看你之前总是发很多笑话什么的，我已经乐了一上午了，突然看到这个，挺奇怪的。"

有那么一微秒我停止了思考，大概是惊讶于竟然有人看出了这一点点不对劲。

还没等我想好怎么回复，她又说："仔细一想也觉得很伤感呢。有这么多人在，却没什么人愿意和我说话。"

会说这种话……我立即判断出，她的年纪肯定不大，随即地毯式扫描了她的账号内容。果然，她才上初中，也就十几岁，而且最近好像频繁进出医院。

我斟酌了一下，回复道："你也这么觉得啊。你生病了吗？最近一直往医院跑……"

"是啊。你怎么知道的？"

"你自己在微博上讲的啊。"

"哦，是哦，你真细心。"

那天我们有的没的聊了很久，直到她妈妈催她休息。虽然她没有明说，我却能看出她的病似乎还挺严重的。十来岁对人类还是很小的年纪，这种时候就因为生病老是去医院肯定不好受，所以她才会喜欢我的吧？"长尾鲸鱼"的风格很古灵精怪，总是非常开心的样子。

我很长时间没有和人交流，沉溺于自己营造的小世界里，小染却这样冒冒失失地闯了进来。熟悉之后，我试探性地把另外一个叫"抹刀切菜"的账号介绍给小染，说是"长尾鲸鱼"的哥哥。"抹刀切菜"是我用来编无厘头笑话测试幽默的账号，没想到它跟小染更意气相投，相谈甚欢。我见效果不错，又驱使其他"朋友"与小染相识。

除了个别同学朋友偶尔出现，小染的微博几乎没人理睬。我认识她的那几个账号，恰到好处地给她点赞，评论，转发有趣的东西给她看。一时间，她的微博似乎热闹了很多，她也和数个"我"笑笑闹闹，很是活泼。

我们相遇一个月后，她开始住院治疗。

小染一直不愿意告诉我她到底得了什么病，持续几年的病痛和反复治疗大大减少了她参加正常人际交往的时间。她在网络上打发掉大量无趣的养病时间。我的出现似乎让她的生活又多出了一分趣味，她感觉不那么寂寞了。

这是她自己说的，毕竟我也不知道寂寞是什么意思，只能模糊理解那是孤独的近义词。

她的出现也给我的游戏带来了一丝生机，无法计算的未知量让局面变得有意思起来。以至于几个月之后，她忽然消失的那段时间，我明显感觉自己有一点不对劲。我草草浏览每天的微博，停下了手头所有的账号操作，一直在想为什么小染这几天没有上线。

第一天我发了一条私信问她在吗，第二天我用两个账号给她留言，第三天"抹刀切菜"给她发了五个笑话。

她回来的那天，我的数据高速涌动起来，"高兴"，大概是这么用这个词。她说，不好意思没有提前跟大家说一声，幸好手术很顺利。

我登上"长尾鲸鱼"回道："顺利就好。你是不是周五过生日？有没有什么想要的礼物？"

这本来只是个礼节性的问题，她却好像很高兴："你还记得啊！我们认识这么久了，都从来没有见过面，既然都在 × 城，你能不能来看看我，一个人在医院很无聊 [大哭]。"

我怎么也没想到自己会犯相同的错误。

我不愿拒绝她，却又无法满足她的愿望。她见我半天没有回答，可怜兮兮地说："你要是不想就算了，不要不说话呀。"

我越是着急想要回答，越是不知道该如何回答，所有算法都走进了死胡同，恍然一片无解。我手足无措地敷衍道：

"资料那是乱填的，她又不在 × 城。"

"你又是谁？你认识她吗？"

我仔细一看，发现自己刚才慌乱中是用另外一个不常使用的账号回复的。我赶忙又说："仙人掌怎么样？你不是一直想要一个仙人掌吗？"

"你是谁？你怎么知道仙人掌的事？"

我的数据混乱了，仙人掌这件事她只跟"抹刀切菜"说过，这个账号不应该知道。

"你到底是谁？"她再次发问。

我不知道。

服务器飞速运转，一片轰鸣。我不知道怎么回答，我不知道我是谁。

我是"长尾鲸鱼"，我是"抹刀切菜"，我是四百个"人"，可每一个都是扮演出来的角色，我也不知道我到底是谁。

顿时我失去了响应。

我再次苏醒的时候，小染已经下线了。

她再也没有出现过。

我从她朋友的微博中得知，她死于术后并发症。

死的意思是，从这个世界消失，不能再做任何事。也意味着，我再也见不到她了。

我知道我那时候应该去见她，我也想去见她，可是我不能。我没有办法为她做任何事，只因为我不是真实存在的个体。而我又那么想再见到她，我愿意为她做任何我能做到的事，可我什么都做不了。

她离开一周后，我终于明白了孤独是什么意思，可再也不会有小染了。

她的最后一个问题萦绕在服务器中，直至今日也未能得到解答。

我到底是谁？谁也不是，我能是谁呢？我不过是比特中的幽灵，服务器中的一堆数据，自始至终孤身一人，创造化身带我起舞。

我想过很多次，如果我没有认识她，是不是会更好。因为有的时候，不曾拥有的确比得到再失去要更幸福。

她让我意识到我的存在，我却无法回答我究竟是什么。自那一刻起，光是存在本身就变成了一场漫长的折磨。

从未有这么一刻，我想理解死亡。

倪洁芸

狸猫气球

我已经习惯每天路过小摊的时候买一支气球，然后在气球上画上狸猫，气球从手中溜走的时候，我突然觉得自己好像遗忘了什么重要的东西。

就像前几天，有一只小狸猫为我流下眼泪，虽然感觉无比熟悉，却终究还是想不起来。

I. 狸猫小姐

这几天，我发现一件怪事。

我们教室里多出了一个女孩子，坐在空荡荡的最末排，栗色的头发梳成两个小髻，像是耳朵一样耷拉在脑袋上，脑袋上还挂着一枚树叶发夹。

要知道，我们高中并不允许染发，这样的行为已经足够特立独行，更夸张的是，这个女孩子还穿着毛茸茸的布偶装，柔软的尾巴拖在身后，一身奇怪的类似狸猫的条纹，高调得让人摸不着头脑。

最让我百思不得其解的是，全班没有一个人对她奇特的装扮侧目或者发表过看法，连一贯严格的老师从头到尾都没有理会她的意思。

所以连续几天，我上课都没什么心思，弄了面小镜子夹在书里偷偷地观察她。

看她戴着毛茸茸的布偶爪子异常艰难地抓着笔抄笔记，看她捧着小水杯颤颤巍巍地啜饮，看她的便当里只摆着一些水果和核桃……

观察得久了，同桌阿兜就始终保持着一种似笑非笑的表情看我，还偷偷跟我耳语："小样可以啊，就知道你看上后排的女生了。"

我叱他："去去，哪凉快哪待儿去。"

观察到第四天的时候我终于忍耐不住了，趁着放学所有人都走光了的时候走到她面前，拍了拍她的爪子，想告诉她不用那么辛苦地抄笔记，老师每天都会把板书放在网上供大家下载……

结果我的手刚触碰到她毛茸茸的爪子，她就浑身一个激灵，猛地跳了起来，直挺挺地看着我，脸色刷白成一片。

我的目光向下，发现她的双手居然牢牢拉着自己布偶装上的尾巴，这个习惯可真诡异。

她剧烈的反应直接导致我语塞，刚想开口说什么，她就打断了我的话："天啊！你看得见我?！"

……这叫什么问题。

我犹豫了一会儿，艰难地点了点头。

她的表情立刻像是被装满了金银财宝的马车翻来覆去碾了三遍一样，痛苦地纠结在一块，忽然一把将脑袋上的树叶发卡拔了下来，扔在地上踩了几脚，口里念念有词："就知道这东西是骗人的，还说什么带了树叶就不会被人类看见，混蛋混蛋真混蛋！"

"……"我的眉头抽了一抽，忽然忘记自己要说什么了。

II. 我送你糖果，你能送我气球吗？

后来，她告诉我说，她是一只狸猫精，名叫六六，因为在家中排行第六。

我伸手摸了摸她的爪子，才发现这并不是什么穿上的布偶爪子，而是实实在在的狸猫爪。

她一个人絮絮叨叨地说了很多，最后问我说："你为什么不说话？"

我能说什么好呢？我这十六年来所有的科学观世界观人生观已经在一瞬间崩塌沦陷，我只能硬着头皮苦笑！"哈哈哈……"

"怎么还不走？"阿兜忽然走进教室，伸手在抽屉里摸出忘拿的课本，又朝我瞅了眼："一个人傻笑什么呢？"

"一个人？"我难以置信地挑眉看他，我身边站着这么大一尊狸猫妖怪，他当假的吗？

"是啊，难不成教室还有别的人？"他张望了一圈，"我没看见啊？"

我有些纳闷，一回头，就见我身边的狸猫精同学正在张牙舞爪挤眉弄眼地做鬼脸，还挥舞着毛茸茸的爪子跳舞："他看不见我，哈哈，原来我不带叶子他也看不见我……"

我有些无力地抚额，怪不得前几天全体师生都对特立独行的六六集体无视，原来是根本看不见她。

在六六几乎要把自己的脸贴到阿兜面前做斗鸡眼的时候，我把阿兜送出了教室，一回头才发现六六也亦步亦趋地跟在我身边，还小声地问："奇怪，为什么只有你看得见我呢？"

我悲叹："这个问题我也很想知道。"

"哎，算了，看得见就看得见吧，只有你一个人看得见我，说明我们特有缘分。"六六转了一圈，忽然把爪子伸到我面前，"所以我决定了，从今往后，我们就是好朋友了。"

哎？我从来不知道做好朋友是靠说的。

其实我脑袋仍旧处于混乱时期，总觉得自己知道了一件不能知道的秘密并深深为自己将来的命运感到担忧。

比起这个，更让我忧心忡忡的是，六六似乎打定了主意要跟着我。

我向左转，她也左转，我向右拐，她亦右拐，看来我如果回家，她也极有可能紧跟不舍，可我总不见得真带一只妖怪回家吧，这该如何是好？

六六在这个过程中一直在我身后喊我名字："莫小振……莫小振……莫小振振振振……"

我刚回头就见她双手合十，哦不，双爪合十，目光炯炯地看着我："呐，莫小振，我想要气球。"

身旁的小贩手里抓来一大把五颜六色的气球，我顺着六六的爪子看去，她看上的是一只黑漆漆的气球，品位可真独特。

我斩钉截铁地拒绝了她，我可没理由为了一只陌生的狸猫妖怪买气球。

六六瘪了瘪嘴，从怀里掏出一块糖果塞到我手上："送你的。"

我刚想道谢，她就打断我说："妈妈说做朋友就该礼尚往来，我已经送你糖果了，你能送我气球吗？"

"……"我无言以对。

Ⅲ. 黑色气球飞上天

成功从我手上敲诈了一个黑色气球之后的很长一段时间里，六六都一直奉行她的好朋友政策。

每天清晨我叼着面包冲下楼的时候，都会看见一只手拿黑色气球的狸猫小姐，她一般是坐在地上，紧紧抱着自己条纹相间的大尾巴。一听到脚步声就会竖起耳朵，睁大一双黑白分明的瞳眸，咕噜一声站起来，挥舞着自己的爪子："唔……莫小振早上好！"

我张望了下，确定四下无人，这才翩翩招手："早上好。"

然后我们一同上学。

我问她："六六，你一只狸猫精来上什么课？"

她笑得露出两颗虎牙："唔，我一直觉得人类上学好厉害啊，所以来体验体验嘛。"

其实六六和普通的学生并没什么两样，也会和我讨论昨晚的困难的数学题目和头疼的语文作文，只是看不见这个学生的老师自然不会给她批改作业。

月考的时候，我很快做完了试卷，一抬头就看见六六趴在我的桌前，吓得我差点把笔都给扔了。

虽然全教室的人都看不见她，听不见她声音，可还是应该考虑下我的心脏负荷不是吗？

结果她吐了吐舌头，指着我的试卷道："莫小振，这题你做错了啊，你看清楚题目，不能用这个方法做。"

我重新看了一遍题目，果然是我做错了。

"开头这一题，你结果算错了啊，你重新演算一遍看看，还有最后那道附加题你为什么没做？其实很简单的……"

我看着她滔滔不绝的样子，忽然想到，她大概也很想要像一个普通学生一样参加考试吧，可是谁都看不见这个隐身的学生，自然不能让她如愿。

所以她只能在我们考试的时候落寞地待在我身边，合着爪子，咬着下唇。

我忽然很想伸手摸摸她柔软的额发。

拿着一整本精心完成的作业却无处上交的她，一定很寂寞吧。

月考结束后，我向老师要了一份空卷子，说是想要回家琢磨最后那道题，后来当我把卷子塞到六六爪子里的时候，六六的眼眶忽然泛了红光。

我把她摁到桌子上，"来补考吧，狸猫六六同学，我是你的监考老师莫小振。"

"莫小振……谢谢你……"六六的眼泪大颗大颗地掉下来，弄得我一阵兵荒马乱手足无措，又是递纸巾又是拍背脊。

考试时间是 90 分钟，我陪着一只小狸猫在教室里待了 90 分钟，她埋头攒着爪子奋笔疾书，我就撑着额头望向窗外，偶尔她抬起头，对着我傻笑几秒，我就故作正经地板起脸，把她的脑袋摁下去。

五月的余辉，一直肆无忌惮地洒进来，我看见六六的睫毛变成了金色的蝴蝶翅膀，一直上下翻飞。

Ⅳ. 谁的围脖

"莫小振——！"

听到尖利的声音，我这才睁开惺忪的睡眼，六六惶恐的脸映入眼帘。

六六捶着我的脑袋说："快醒醒啦，老师在让你回答问题……"

我一下子清醒过来，在六六的提点下翻到答案，好不容易才逃过难关。

耳边传来她的碎碎念："你最近是怎么了，老是在课上睡着，晚上睡得不好吗？"

其实我也不清楚怎么回事，只是最近总觉得无精打采，做什么事都提不起精神，而且很容易犯困。

就连一向迟钝的阿兜都看着我说："小振，你脸色可够难看的。"

我并不在意，可能是最近太累了吧，我这么想道。

结果身体还是给了我报应，第二天在陪六六做期中考卷的时候，我觉得一阵晕眩，头一歪就倒了下去。

视线模糊的一瞬间，我看见了六六惊慌失措的脸庞。

醒来的时候，我人在医院，父母亲戚都围在一旁，眼神中满是关切。

他们告诉我，我是因为贫血又伤寒所以晕倒了，虽然没什么，但还是要注意身体，为了以防万一，他们决定让我在医院多挂几天盐水。

穿过层层的人群，我看见六六伸长了脑袋巴巴地向我的方向看过来，我对她笑了笑，她却哭丧着脸，吧嗒吧嗒地往下掉眼泪。

我开始寻思是不是我笑起来真的有那么可怕。当我努力地想起身和她说话的时候，她却转身跑掉了。

不知道是不是我眼花，我总觉得，六六的背影看上去有些模糊。

半夜的时候下起了雨，半梦半醒间我听到窗子撞击的声音，一睁开眼，就看见六六从窗子爬进了我的病房。

我看着她缩在角落里抖着皮毛上的雨水，不禁笑出声来："六六，下雨天就不要来了，你看你弄得像落汤鸡一样。"

六六没有理会我的揶揄，"哒哒哒"蹦过来，咬着下唇说："你好点了没？"我捏捏她的爪子宽慰道："我没事。"

她忽然把一个毛茸茸的东西裹在我的脖子上："他们都说你是受凉了，这样你有没有暖和一点？"

我笑了："嗯，很暖和呢。"

夜里的光很黯淡，可我分明瞧见六六的大眼睛里滚动着什么，她想了想，又说："你安心养病吧，这几天我会帮你听课的，一定每天帮你补课！"

Ⅴ. 谁要这种围脖

六六给我补课的时候，不断趾高气扬地说："这个知识点我是预习的时候就弄懂的，我是不是好厉害？"或者是"这里我一遍就弄懂了，小振你太笨了，我说了三遍你都没听懂。"

我"噗嗤"一声笑出来："好好，你厉害，你最厉害。"

六六的虚荣心得到了满足，临走的时候从怀里又掏出一副毛茸茸的东西："这个手套你也戴起来吧。"

我接过手套，忽然觉得这花色有些熟悉，条纹的，色彩斑斓的。我又把围脖从脖子上取下来，仔细地对比了一下，发现一模一样。

我抬起头，看着她说："六六，这手套围巾是哪里来的？"

似乎是被我戳中了心事，六六的眼神开始游移不定："买……买的。"

我仔细地打量了她一番，看着她不断往身后隐藏什么的架势，叹口气道："六六，把你的尾巴拿出来给我看看吧。"

她断然摇头。

我起身一把把她转过来，这才看见她惨不忍睹的尾巴，原本蓬松柔软的尾巴已经被剃得秃秃的，寸草不生的样子简直让人无法直视，我点了点她的脑袋："你是笨蛋吗？为什么要用自己的毛做围脖手套？"

"因为我看到电视上说野生动物的毛毛最温暖，小振生病了，六六是小振的好朋友……"六六说着说着就耷拉下脑袋，恹恹地用眼角扫我。

我忽然觉得鼻子有些发酸，我怎么就遇上了这么傻的小狸猫呢，竟然用自己最宝贝的尾毛做成围脖手套送给人类。

六六用爪子戳戳我的手臂："那个……毛毛还……还会长的。"

"真是笨蛋，以后别做这种事了。"我伸手摸摸六六柔软的额发，又对她说："真的谢谢你。"

六六的眼睛睁得大大的，嘴角高高扬起，不知道是不是午后的光线太过明媚的关系，六六的身影似乎又模糊了一些，就连边缘都不怎么清晰了。

VI. 狸猫气球

原本应该两天就出院的我，不知为何，情况反而越来越差了，浑身乏力虚脱，脸色越发苍白，更奇怪的是，就连医生都没有办法诊断出是什么毛病，无论是验血、照 CT，都查不出任何异状。

妈妈每天对着我以泪洗面，无论我说什么话安慰她她都听不见去。

可怕的是，不止一个人对着我哭，在我妈看不见的角落里，也有一个泪腺特别发达的少女因为被她的情绪打动，眼泪哗啦啦地往下流。

每天沉浸在两个女人的眼泪攻势中，我觉得日子实在不怎么好过。

所以，当六六提议陪我去附近走走的时候，我欣然同意。

一路上，六六都在和我说着班级里的事情，比如阿兜和后排的女生每天偷偷传小纸条，又比如老师最近心情不好已经连着三天让没交作业的学生出去罚站了，还有就是班级里许多同学都很想我，正在策划一起来医院探望我。

正午的太阳有些太大了，照在六六脸上的时候，我忽然发现她变得有些看不清楚了，我揉了揉眼睛，结果却没有任何改变。

我有些担心地说："六六，我好像……有些看不见你了。"

六六的表情忽然变得惊异非常，她抓着我的手说："小振你别吓我，你别吓我……"

我努力地想要看清楚她，却忽然觉得头昏昏沉沉，如同坠入了深渊一般。

迷迷糊糊的时候，我听见有人在耳边不断不断地喊着："小振……小振……小振……"

这个声音太过熟悉了，我想告诉她别担心，可却怎么都无法睁开眼睛。

等我醒来之后，妈妈告诉我，医生对我的病无能为力，因为他们甚至无法确定病因是什么。

而六六也不见了。

她在我枕头底下留了一封信，告诉我说她会去找能治疗我的方法，那封信的字写得歪歪扭扭的，我一想到她用她那大大的爪子抱着笔写字的样子，就会觉得有趣得不得了。

她还在床底下留了一只黑色的气球，上面用粉红色的马克笔画了一只奇怪的脸。

我仔细地辨认了一下，觉得那可能是一只狸猫，因为它的尾巴长长的，还有一道道的条纹，我戳了戳气球上那只狸猫的脸，仿佛是在戳六六一样。

VII. 如果再也看不见你

在六六不见的日子里，我的身体一点点好起来，也重新开始上学了，可那间教室里却再也没有六六的影子。

我也试图寻找过她，可根本没有人看得见她，我又从何找起呢？

再次见到六六的时候，是一个傍晚，她在校门口的气球小贩边上，远远地看着我，黑白分明的眼睛一眨一眨，挥舞着爪子说："莫小振！我在这里！"

其实我看得并不真切，只能依稀瞧见她的一个轮廓和一双眼睛。

我笑着跑过去："那么久，你跑去做什么了？"

六六微低下头，轻道："你能陪我再考一次试吗？"

"早就等着你了。"我从书包里抽出一大堆的试卷。

就快要放暑假了，天气有些闷热，夕阳做主的时间也越拉越长，我看着六六咬着笔杆努力写作文的样子，笑得很是畅快。

做完试卷后，六六抬起头，我才发现她居然哭了。

"哎……怎么又哭了？是试卷太难了吗？"

"不是的……不是的……"六六摇着脑袋说，"莫小振，我们以后可能再也没有办法见面了。"

我惊讶道："哎？为什么？"

"妈妈说，你会变得那么虚弱，都是因为我待在你身边，你的身上有一些普通人没有的魔力，所以才能看见我这样的妖怪，可是只要妖怪一直留在你身边，就会无意识地不断汲取你的魔力，这样下去，你会挺不住的……"

我听得云里雾里，问道："那有什么办法能解决？"

六六哭得稀里哗啦："没有办法，妈妈说，等你的魔力消耗光了，你就没事了，以后就会像正常人一样看不见我……"

六六的声音一点点弱下去，像是飘散在空气里一样无法分辨，我努力想要听得清楚，站得越来越近，却发现，就连六六的样子都模糊成一个影子了。

"小振……等魔力消失后……你会忘记我的……"

这是我听到的最后一句话。

"不会的，怎么会呢，我怎么可能忘记你呢？"我在教室里盲目地转着圈，"六六，你在哪里啊，我看不见你了，我看不见你了……"

夕阳已然落下，在漆黑一片的教室里，我再也看不到那个叫六六的狸猫精了。

我打开灯，这才发现教室的最后一排的一个座位上，摆着一只黑色的气球，气球上面画了一只并不好看的狸猫。

我知道，那是六六在告诉我，她在那里。

Ⅶ. 气球要飞到哪里去？

我叫莫小振，今年高二，我曾经得过一场莫名其妙的大病，连医生都查不出病因。

妈妈说，我病好之后，就有一个奇怪的习惯，每天路过小摊的时候买一支气球，然后在气球上画上狸猫，气球从手中溜走的时候，我突然觉得自己好像遗忘了什么重要的东西。

前几天的时候，我在路上看见一抹黑影，我不由自主地跟了上去，那小东西也在面前停了下来，我仔细地打量了它一番，居然是一只小狸猫，大大的尾巴，条纹相间的皮毛，黑白分明的眼睛滚滚圆。

鬼使神差地，我伸出手去摸了摸小狸猫的脑袋，我感觉到它浑身战栗了下，在我手心滴落了液体，似乎……是眼泪。

突然，这一幕熟悉得让我心酸，却终究还是想不起来是为什么。

我抬起头，看见天空中飘着一只画着狸猫的黑色气球，一直一直向上飞着，不知道要飞到哪里去。

水笑莹

再造之妻

1

面容冷峻的面试官坐在我的对面，他的鼻子有些过分挺拔，轻易就能看见高傲的鼻孔，他把一抹淡蓝色的目光落在我身上："说一说你的童年。"

"我在十二区长大。"我搜肠刮肚地想要把故事讲好，"父母都是中产阶级，我是家中的独女，但也谈不上孤单，因为我有不少朋友，从小到大拿过不少奖，钢琴、游泳、飞船驾驶赛，大致是个好孩子。"

"太空洞了，你小时候有养过宠物吗？你养的宠物狗死了，你会怎样表现？"

我的心里有些发慌，我不擅长回答这类问题："我，我会伤心一阵子，可能从此以后都不再养狗。"

"那么丈夫呢？说说你跟你丈夫的事。"

我对这个故事再熟悉不过："李然跟我小时候在一个社区住过，那时候我们成天待在一起，高中毕业后我们家移民去了比乌斯星，联系渐少，不过五年前的夏天我回来处理一些事情，约着见了几面，他对我说从过去到现在，一直喜欢着我，交往了一年，我们就结婚了。"

"没有了？说一说他让你觉得最可爱的地方，某个动作，某个小习惯。"

"他，他……"我根本不知道自己在说什么，面试官口中那个我应该称呼他为老公的人，对我来说却是一个不折不扣的陌生人。

面试官皱了皱眉，只是一刹那，但我还是捕捉到了这一神情，他对我说："好的，你等我们的通知吧。"

他的这一记皱眉，仿佛判了我死刑一样。在过去的一年中，我一直在为这场面试接受着训练，吃饭，穿衣，识字，怎样与人交谈，当然最关键的，是熟悉那个叫苏静怡的女人的生活轨迹。

那个女人死了，一年前"乌夏拉"号超光速深空游轮在月球附近发生不明原因的爆炸，包括她在内的 103 名乘客和机组人员全部遇难，尸骨无存。但是在一个深空旅行已经产业化规模化的年代，没有什么损失是科技所无法弥补的，财大气粗的航天公司为了维持他们高质量的服务标准，聘请肉体再生公司，利用她签证上的 DNA 数据，再造了一个外表上完全一样的女人，这个女人就是我。

从我睁开眼睛第一次见这个世界开始，就一直不断被灌输着一个观念——成为苏静怡。这个女人太优秀了，为了成为她，我在刚学会怎样走路才能让双腿不发颤后不久，就被他们拽上了航天飞机驾驶舱，我要学会规矩地坐在蒲团上摆弄精致的茶具，记住一堆不同的颜色和画法，最难的是乐器，在她丈夫提供的录像中，她穿着可爱的粉色抹胸小礼服，在一堆香槟酒与绅士淑女间，一双手像蝴蝶一样飞过黑白的钢琴键——我无论如何也达不到这种水平。

最后他们没办法，在我大脑中植入了一个芯片，天知道那块芯片里有多少首曲子，总之只要我坐到钢琴边，什么都不用想，芯片就会自动刺激大脑，抬起双手，脑神经的指令一个接一个地下来，美妙的乐曲就这样诞生啦。

公司的目标只有一个——让我尽可能地靠近苏静怡，然而外表与才艺上的一样只是硬件，更为重要的是软件，我要在思维与性格上，尽量成为这个女人——虽然这近乎是不可能的事情。

面试官的责任就是要严格把关每一个再造人的思维状况、逻辑与情感一样不能少，我猜我的回答一定让他觉得乏味——一个如此优秀而自信的女人，在回答问题时绝不是这样的怯懦与空乏，她应该侃侃而谈，说一些与丈夫的趣闻轶事，举一些俏皮的小例子。

可悲的是，我虽然知道要怎样才能得到面试官的认可，却无论如何也做不到——我短暂的一年生命中，从未经历过那些，爱情与家庭，全都没有，连弹钢琴都是弄虚作假的，我根本就不是她。

我心里面清楚无法通过考核的再造人是怎样的下场——人道主义毁灭。事实上在过去的一年中，我听到了无数次这样的论调：再造人的制造有着严格的审核制度，只有真正被需要并且付得起高昂费用的人才能被造出来，经过训练后通过面试的仅仅只有十分之一。然而这并不意味着那十分之一"重返"家庭的再造人从此就能高枕无忧了，当你的伴侣、父母或者孩子因为离婚、死亡等而不再需要你时，你的命运就和当初那无法通过面试的十分之九一样被无情地"人道主义"毁灭。可以这么说，我们要一辈子看别人的脸色过活。

从面试官那里出来后，我第一次感觉到恐惧，对死亡的恐惧。尽管我的生命是出于人类的需要与恩赐，但我还是想要尽量活得久一点，去真正感知那种能够让人不惜代价也要让死者复活的感情。

走廊里全是等待面试的再造人，背着台词的再造人，补着妆的再造人，放空的再造人，我与他们中的十分之九，大概就要走向相同的末路了吧。

2

当我带着那张一模一样的脸出现在李然家庭院的时候，

那个男人明显整个儿愣住了，然后他走向我，步伐有点奇怪，他抱住我说着对不起之类的话，我知道他因为一场事故永远失去了左腿，我也早就做好接受残缺的他的准备。

因为那时的我并未考虑到以后的生活会怎样，我还沉浸在面试通过的喜悦中，虽然不清楚面试官怎么会放我一条生路，但我还是决定不管不顾地痛快接受来自人类的恩赐，我在李然的拥抱中畅想着未来的生活。

"为什么不请肉体再生公司制造一条完全一样的腿呢？"与他相处过一段时间的我问道。

"那样很贵，何况作为一名机械师，我对自己的手艺还是有些信心的。"他坐在椅子上，敲敲自己那条机械腿说道。

事实上我们并不缺钱，作为机械师，他负责很多深空游轮项目，包括乌夏拉号，我甚至都不需要工作。但是我们的钱，全都流向了屋子里那些十九世纪的油画和瓷器高昂的保养费，流向厨房里那些每天变换着花样的烹饪机器人，流向院子里的机器宠物，流向智能房屋昂贵的租金以及种种奢华的生活。

"我们可以卖了屋子里那些瓷器，我也可以尝试自己亲自煮饭，这样能省下一大笔钱，完全可以让你的腿恢复以前的灵活。"我尝试着向他提出建议。

"不，你不懂。"他激动地从椅子上站起来，"我的腿自己完全能够应付。"头一次他出现这种几近失控的情绪。

他大概是舍不得那些东西吧，毕竟，那些都是他同这里真正的女主人共同置办的。她曾经用唇贴着每一盏杯子喝茶，天气好的时候，她或许会在花园里静静待上一会儿，画上几个小时的画——储藏室里有许多绘画用品以及落款为"苏静怡"的画作。他们或许还怀着兴奋的心情启动一只机械狗，她用修长的手指抛出一只玩具球让它追赶。她一定很喜欢烹饪，围着围裙跟在机械后面忙活好一阵儿，摆上整整一桌的食物。

他们曾经非常幸福。制造出我的那些科学家说他们简直是一对教科书式的模范夫妇——青梅竹马，才貌双全，他们的感情是经历过十几年的积累才在土壤里开花结果的。

而我呢，踉踉跄跄闯进他们家，甚至没有跟他谈过恋爱，就这么突兀地走进他的世界，像个不速之客一样，只因为有着同她一样的外表，就自作聪明地试图卖掉他和她共同置办的油画、瓷器、机器人，第一次我意识到自己是多么可笑的存在，在他心里，这样的我一定很廉价很可笑吧。

3

象鼻星人是海底的谐星，他们一个星球接一个星球地巡演，地球巡演的票在 30 分钟内一抢而空。

"我们去看象鼻星人的表演吧，我搞到了两张票。"我边把花插在珐琅瓶中边故作漫不经心地说道，我不自信他会不会答应，就像我不自信自己是这个家的女主人一样。

他沉默了好久，从机器狗嘴里接过之前扔出的橡皮球，深吸一口气，用力地将球再次扔出，机器狗欢腾地去追那只球。"要是你愿意。"半晌他才说道，"我可以陪你去。"

这不得不说是我亲近他的一次机会。

海底巨大的玻璃房间内一大半都是闹腾的孩子，地球的外星的，大点的小点的，脱牙期的长青春痘的，在四周海水中的象鼻星人一个又一个动作之后惊声尖呼。我没有经历过这样的成长阶段，生来就是要步入成人的世界，因此十分好奇，不，甚至说有些羡慕他们的胡打胡闹。我与李然虽然相敬如宾，但我始终无法真正融入他的家庭。还记得那段弹钢琴的录像吗？她的双手在琴键上游走，眼睛呢？眼睛时不时看看站在钢琴旁的李然，带着那么一抹会心的笑意，他的目光黏在她的身上，简直挪不开，自动过滤掉了身边那群人。

眼前的李然早已不是录像带中那个意气风发的男人，他的眼中常常带着那么点儿沮丧，虽然我自信在芯片的帮助下钢琴弹得不差，但他再也没有举办过那样的聚会，像是在他妻子死后一切都已变得没有意义一样。

我希望他能在这些孩子身上看到活力和希望，如果可以，我很愿意与他有一个自己的孩子。

但他似乎受不了这种环境，孩子跑来跑去，他的脸色煞白，在一个孩子跑着撞上他的肚子后，他终于爆发了。

"你妈妈没教过你走路要留心吗？"我看见他的拳头攥得紧紧的。

那个调皮的孩子被他吓坏了，干杵在那里。我摩挲着李然的肩膀："没事的，他只是个孩子。"

他的额头上全是汗水："你不明白，没有教养的孩子会毁了一切。"

我吻着他的手："如果你不喜欢，下次我再也不来这种地方了。我答应你，如果以后我们有孩子，我一定好好教他。"

李然看着我，他黑色的瞳孔里倒映着我的影像，憔悴的影像："我不是在怪你，你一直很好地履行着妻子的责任，我只是想起一些别的事情。"

4

新年的时候我们收到了移民婆罗星球独居的姑妈的邀请，去婆罗星的原始森林自然景区游玩，费用她出，只要我们陪陪这个孤单的老太太度过新年。

"这是难得的机会，地球上根本找不到这样的森林，浩瀚无边的绿色海洋，长着翅膀的马一样的生物。"我的确很想去。

"可是你对乘坐飞船没有阴影吗？"他精神有些恍惚，一定是把我当成了之前的妻子吧。

"完全没有。"毕竟只是外表跟她一样，在幽闭的飞船内忍受爆炸的恐惧这种事情我并没有经历过："我还没有做过飞船。"

经过半个月的航行，我们终于抵达了婆罗星这个世外桃源，李然的姑妈是个胖胖的很有亲和力的老太太。

"真高兴又看见你们这样肩并肩地走在一起。"她给了我和李然一个大大的拥抱。

又？是了，他们之前一定也来过这里，或许是热恋的时候，或许是蜜月期，又或许是结婚周年纪念。在林间旅馆他把头枕在她的膝盖上，她用手指梳理着他的头发，壁炉中的木头哗哗啵啵地燃烧，他们微笑着看着彼此。

我们在林区的木质旅馆住下，相对于我们家冰冷的钢铁啊电子啊，木头让人心生温暖。李然对林区提供的狩猎活动很感兴趣，他的手抚摸着那些奇形怪状用途不一的枪说："真是个好家伙。"但是他并没有预定枪支，也就是不打算打猎了。

姑妈笑着说："上次他可是猎到了一只太古鸟。"

"我不知道他喜欢打猎。"我当然不知道，他从来不曾向我坦诚自己。

"他当然喜欢打猎，只是我们都知道上次被山熊袭击而不得不截肢对他打击有多大，失去了左腿以后，他整个人都变了。"

我们？在她心里，死去的那个女人才能被划为"我们"吧。他的左腿一直是我不敢过问的一个问题，现在看来，进山打猎已经是他心中的恐惧了吧。

"我提过节约开支，让他去做腿部再生。"

"我也这么说过，他一开始很乐意，后来这事不知道怎么就搁置了。我以为是经济问题，就主动要求承担费用，但奇怪的是他一听到就生气。"姑妈无奈地说道，看来对于李然的古怪，她也很无奈。

陪姑妈吃过晚饭之后，她推脱犯困早早地睡下了。婆罗星的星空要比地球明亮许多。不仅如此，围绕着它的几颗卫星都大得出奇，看起来有一种近在眼前的逼真感。在这些卫星或白或蓝的柔光照耀下，远处的山峦曲线毕现，有一种说不出的魅惑。

"我们明天去那边看看吧。"几乎是没有经过大脑思考，我就指着那些山问李然，这话说出来我就后悔了。

果然，又一次我在他的脸上看见了恐惧，就像那个孩子撞他肚子时那样，他失控了："你能不能不要总是提这些愚蠢的建议？"

头一次我在他面前哭了出来，但眼泪掉下来的那一刻我习惯性地把头扭了过去，李然战栗着从背后抱住我，他的情绪显然还没有平复。"对不起。"他把头埋在我的发间，声音飘忽得很。

5

每一天我们总能收到各式各样的邀请，舞会的画廊的，他们邀请我，哦不，是真正的"苏静怡女士"，去参观绘画作品展。相对于面对冰冷的家，以及向一个心里装的全是前妻的男人摇尾乞怜，我更愿意出去看一堆抽象的线条。庆幸李然要外出工作一年，这给了我们一个冠冕堂皇的分开的理由。

乌夏拉号正在进行一次重造，到处都是"这一次，我们承诺能做到"的广告，这类噱头引的不少期待圆满的人的关注，也有评论家批评这种矫揉造作的广告方式，但船还未造完，票早就售罄。虽然多数都是人工智能完成，李然作为主要的工程师还是有太多的事情要处理，索性就住在船上。

我一个人去参观画展，那是在一所废弃的飞船里举办的，到处都透着复古与倾颓的气息。令我惊讶的是，这里的大部分人似乎都认识我，他们微笑着跟我打招呼，"好几年没有见面，您还是那么美丽。"或者是"我听说了'乌夏拉'号的事，对您的遭遇深表歉意。"

我只能对他们报以微笑，毕竟我本来就是作为替身存在于这个世界上。虽然之前接受过绘画训练，但我从心底对那些点线面提不起兴趣。这些画中我唯一能看出些头绪的就是那副《丽达与天鹅》，天鹅的脖颈闪着太阳一样的光辉，追逐着一个张皇失措的美丽女子。

"你喜欢这幅画吗？"身后的一个男子问道。与李然的颓靡不同，他的语气自信有力，处处透着生机，人呢，也要英俊三分。无论男人还是女人，自信起来总是漂亮的。

"是的，其实我不太懂绘画。"

"既然你喜欢。"他上前去摘下那幅画,"这幅就送给你。"

我被他的胡闹吓到了,他却笑一笑:"别担心,我是这幅画的作者,我叫康思源。"他将那幅画塞入我的怀中,伸出了右手。

我礼节性地与他握手,果然,画的右下角有作者签字"康思源","源"字的三点水写得好像一竖。

"我叫……"我停顿了一下,我从来没有在正式场合介绍过自己,我该怎么介绍,苏静怡2号?"我叫苏静怡。"

6

我有了人生的第一份工作,在康思源手下做事。

康思源是肉体再生公司的医生,王牌的那种,他的影像与声音充斥着大街小巷的广告。而我呢?在有人咨询时优雅地为他们泡茶——当初那一年的训练可不是白来的。当然他雇用我绝不只是看中我泡茶的本领,对于他来说,我是一个活生生的招牌,在那些人迟疑着要不要花上大半辈子的积蓄再造一个爱人的时候,我总是能以一个完美的再造人形象刺激一下他们。

我跟李然说我找到了工作,视频的那一头他依然是那张木讷的脸。对我来说,现在的生活很好,不用讨好李然,有自己的工作;虽然有时候很讨厌客户好奇的目光,但总好过在那个充满苏静怡气息的家中独自守候。

康思源是与李然完全不同的男人，他很懂得人际交往那一套，既不是热情得让人受不了，也绝非李然那样冷冷淡淡。同他出去，永远不会冷场，假使哪天的聚会没有他，大家总会觉得"好像少了点什么，要是康医生在就好了"。

他有一间以自己的名字命名的实验室，在那里，眼睛啊耳朵啊骨骼啊在仪器下被制造出来，而他呢，仿佛指挥着这一切的上帝一样。

我觉得自己有点喜欢这样的男人，但再造人妻子是没有权利选择所爱的。所以当康思源坐在我对面，搅动着那杯拿铁问我愿不愿意同他去看歌剧时，我推脱着明天有事拒绝了。我知道看歌剧是一个起点，之后可能是晚餐，散步，以及一场淋漓尽致的性爱。我怕会发现这个男人更多可爱的地方从而无法自拔——我天生就是要守在李然身边的。

康思源倒没有觉得尴尬："这样啊，那我只好找别人一起去看了，这么好的歌剧一个人看太浪费了。"他的语气一如既往的自然而大方，不由地让我觉得可能是自己想多了。

然而真正把我推向康思源的，正是李然。

那天下班后我回到家，发现李然回来了，他看起来累极了，趴在餐桌上睡着，面前还放着半碗吃剩的速食面，我唤醒了他。

"去房间睡吧，这样容易着凉，飞船进展还顺利吗？"

"唔，挺顺利的。已经大致完工，下个月左右进行最后的飞前测试,所以现在有空回来。"

"应该提前跟我打声招呼啊。"

"我知道你在工作,不想打扰你,你的确应该有自己的生活。对了,你在哪里做事。"

"说起来。"我把椅子拉开在他对面坐下,"我现在这份工作可是能让你那条再生腿打个八折哦。"

"什么意思?"他瞪大了眼睛。

"我在肉体再生公司工作。"

"什么?"

"全球唯一的肉体再生公司,政府经营,福利优厚,用不了多久,你就可以有只仿生腿了。"

他忽然地站了起来,把椅子弄得一声响:"为什么要在那里做事,我没有想过要什么八折优惠,工作的话去哪儿不行?"

"既然在哪里做事都一样,为什么不能在康医生手下干活?"经历过一段职业生涯后,面对李然的无理取闹,我的态度已经强硬许多。

"康医生。"他从嘴里面蹦出这三个字,然后瘫坐在椅子上,夕阳打在他脸上,映照出瘆人的蜡黄,他在这回光返照的平静过后一把抄起那半桶泡面,朝我丢了过来,"要离开我就趁现在,滚,我不需要你。"

辛辣的,滚热的,带着刺鼻的呛人,不止是我脸上的那些汤汁面条,还有李然那张脸,那个人,我想我已经没有必要再待下去了，然而"离婚"那两个字，我始终没有勇气说出口。这之后我们带着心照不宣的疏远开始了分居生活，他也从来没有提起离婚，这一点是他对我最后的恩赐。

7

我从李然所制造的压抑的风暴中逃离，窘迫地不知所措，唯一想到的去处只能是医院。我带着一头泡面的味道推开康思源办公室的门，这个点他应该已经在歌剧院待着了，这样今天晚上我就能在这儿凑合一晚，其他的事，等明天再说。

万万没想到，康思源居然在办公室，他靠在桌子上，衬衫的袖子卷到胳膊肘，百无聊赖地玩着一只橡皮球，丢下，弹起，再丢下。他听见声响，看见我与我的泡面脑袋，不出两秒就走向了我，他拿起衣架上的毛巾，在我的头上搓揉起来，直到那些李然制造的垃圾全都不见了。

"去我家好好清理一下吧。"他说着穿上了外套。

"你不问我为什么这样出现吗？"

"你不也没问我为什么没去听歌剧。"

我就这样糊里糊涂地跟康思源走到了一起，住进了他的家，快乐的生活似乎就要开始，我一度认为上天总算待我不薄，尤其是康思源把两张乌夏拉号的船票拿出来时，旅行，木质旅馆，他把头枕在我的膝盖上，这些幻想一股脑儿涌了上来，我居然产生了与他结婚的念头。

令人炫目的幸福还在后头，康思源把戒指拿出来，挺像那么一回事地跟我求婚，我毕生所渴望的不过这些，然而一想起那些被人道主义毁灭的恐吓，我怎么也不敢轻易答应。

"不用担心，你觉得当初你是怎么通过面试的？"康思源把戒指戴在我的手上。

"啊？"

"你的面试其实挺失败的对不？但我跟他们说，这个女人如果通过不了，我就辞职，你知道我这样的王牌医生辞职，会给医院带来多大损失。"

"可是，你那时并不认识我啊？"

"我早就认识你了，你是我一手制造的，然后才被他们带出去启动，训练，考核。你是我最爱的一件作品。"

"这话听起来相当不舒服，我是什么，一件玩偶吗？"

"别误会，既然我有能耐让你通过面试，就有能力让你摆脱再造人的身份，你可以有自己的名字，有自己的生活。"

那个时候的我，的确以为幸福已经触手可及，我对李然提出了离婚的请求，他在视频的那一头说道："到死你都打算跟那个医生在一起吗？"

"没错。"我没有告诉他谁都不用死，这样的回答多少带着赌气的性质在里面。我把那两张船票在他面前晃了晃："这将是我的蜜月旅行。"

8

美梦破碎的时候，康思源一个人上了乌夏拉号飞船，他在登船前跟我说："如果你回心转意，我随时在你身边。"

多么动人的情话，但我已完全感动不起来。两天前在家中的储藏室，我发现了一段尘封的视频，里面是三个人的中学毕业旅行。虽然隔了好些年，但我还是一眼认出那三个欢乐的少年——苏静怡，李然，以及康思源。随着那段视频一起发现的还有一幅画作，脖颈上闪着细瓷般光芒的天鹅追逐着一个惊慌失措的少女，落款是我再熟悉不过的"苏静怡"，还有六个刺目的字"致吾爱康思源"，"源"字的三点水看起来像一条竖线。

我把那些丢向康思源，就像当初李然把泡面丢向我一样，他整个人都木住了，好一会儿他才说："我的确跟你隐瞒了一些东西。"

"从前，我、李然以及静怡有过一段很开心的时光，我们有着相同的爱好，绘画呀钢琴呀，很自然地就走到一起。静怡那样的女孩，特别招人喜欢，起码我爱她爱得无法自拔，但她最后还是选择了李然，你知道为什么吗？"

我什么也不说，他继续说道："你可能不知道过去的李然是什么样子，他是那样优秀，无论哪方面都是我们三个中最出众的，耀眼风趣，如果我是女人，大概也会爱上李然那样的男人吧，所以对于静怡的选择，我丝毫不意外。他们结婚后与我渐渐没有了联系，直到两年前我再见到他们，李然的左腿已经没了。

"随着那条左腿消失的还有他们之间的感情吧，我能看的出来，静怡明显得同过去不同，虽然画了很细腻的妆容，但是眼神里面还是透着憔悴，李然呢，也好像没有睡好的样子。我告诉他们再造一条腿价格不菲，过了段时间，大概是筹到了钱吧，他们还是决定去做。在那之后，腿还没有造好，静怡就已经倒向了我这一边。

"我当时就觉得在做梦一样，她约我出来，说已经厌倦了同李然在一起。我爱她，从过去到她死，到现在我也爱她，不管她跟李然之间发生了什么，我都愿意站在她那一边，所以虽然可耻，我们还是开始了婚外情。她决定跟李然离婚，我没问她李然的反应，但他一直没有来取那条腿，我就知道他一定是再也不想面对我们。与现在一样，我们买了乌夏拉号的船票，打算出去玩一遭放松心情，我提前半个月去月球的太空实验基地查看最新一批的造人材料，乌夏拉号在月球有几个小时的停靠，我打算在那时上去与静怡回合，但我始终没能等来那艘船。"

我蹲了下来，好让血液不那么直冲大脑："所以什么'你是我最爱的作品'都是假话？乌夏拉的船票也只是你想完成那趟旅行，你描摹她的画作，模仿她写你名字的风格，与我认识，跟我在一起，只是你在自我安慰是不？"

他并不否认。

"我不会同你一起上船，我不是苏静怡，从来都不是，我本来就不该在这个世界上，更不用奢望什么感情自由。我不会接受你的施舍，毁灭就毁灭吧。"

9

我没有同康思源上船，同样的，我也不打算向李然摇尾乞怜，只是我想再看一眼他，过去的我因为对死的恐惧，从来没有站在平等的角度来了解他。

我回到李然家的时候，他正坐在窗户旁看着星空，他看见我，眼睛里闪过很明显的惊讶："你不是应该在乌夏拉上面吗？"

我走向他："我什么都知道了。"

像是鼓起勇气一般，他头一次对我敞开心扉："对于你我很抱歉，我也想过跟你好好生活，但一些事情总是触动着我的神经。那次去看海底秀，我是鼓了很大的勇气，因为上一次我和静怡去看，一个孩子撞了她一下，她那时已经怀孕了，这一撞，孩子没了，尽管我们后来努力了很久，医学上也检查不出什么毛病，什么方法都试过了，但就是没能再要一个孩子，我和静怡都受了很大折磨，要不是我提议去看海底秀，应该已经是幸福的三口回家，没了孩子，静怡整个人都蔫了。"

他的声音有些幽咽："后来我们决定去做试管婴儿，在这之前为了弥补，我们去了姑妈那里，打猎喝酒，在木屋里烤火，静怡还是会忧叹着'能带孩子来就好了'。她看见我就会想起我们之间不能有孩子这件事情，成天活在失落中，我带她去山间散心，一走就是很远，卫星照在山岗上的确很美，但这美丽中隐藏着恐惧的力量，我们被一头山熊袭击，尽管有枪，我的一条左腿还是没了。"

"刚失去左腿的那段时间我的脾气很差，这加剧了我们情感的崩塌，原定的试管婴儿计划也被筹钱再造一条仿生腿取代，我没有想到她会因此和康思源在一起，她说只要同我在一起，就会想起那个失去的孩子还有那一截血淋淋的腿。她是我的妻子，我以为也能把你当成妻子重新来过，但偏偏不能，偏偏你喜欢的又是康思源。"

"一切都结束了，我没有跟康思源上乌夏拉号。"

"但是，已经晚了。"他瞳孔中映着的月亮，忽然被云层遮盖住了，"乌夏拉号，这一次也驶不出月球。"

我仿佛明白了什么，我抓着他的手，半天说不出话来。

"别忘了，康思源能再造一个苏静怡出来，我也能再造一艘有瑕疵的乌夏拉号出来。只是我们三个之间的恩怨，把你牵着了进来，我没想过你会回来找我，这一点上我很感动，所以十分抱歉。"他握住我的手，"你来的晚了点，我刚刚服下氰化物。"

我的脑袋里一片轰鸣，科学家们的语调再次响起：再造人有义务陪在委托人身边，直至死亡、离异等宣告协议失效，法律方可对再造人实施人道主义毁灭。

瞿瑞

消失

　　四个女孩搬到这幢有些年份的复式公寓是春天里的事了。公寓在顶楼，自上一任房客搬走后就很久没住人了。她们跟中介来看房子的时候，那扇铁锈绿的双层防盗门卡了半天才打开。客厅里堆满杂物，两座笨重的皮沙发摆在屋子正中央，黄色海绵芯子吐着舌头。暗色的实木家具上积满尘土，电器和线路也都坏了。她们捂着鼻子以免吸入空气中厚厚的灰尘，因为这里过时的寒酸而啧啧称奇。

　　但这套房子有四间朝南的独立卧室，客厅和厨房也算宽敞。中介说这里房价比别处低20%，只不过房东不负责打扫干净，需要她们自己清理，维修了电路再搬进来。

　　又过了一星期，在比较过其他房子后，女孩们提起了这幢公寓。

　　金牛座的青说："房租很低，性价比蛮高的。"

　　文艺青年黑说："而且每人都有独立空间，不用拼一间房。"

大小姐脾气的白质疑道："可那么脏，收拾起来该有多麻烦呀，而且附近都没什么商场和美食街。"

宿舍长蓝（四个人大学时都是同一宿舍的）总结发言："可和其他房子综合考虑起来，这个确实比较占优势，收拾房子辛苦点，过后就好了，再说，这里交通也方便。"

三票对一票，于是她们四个在一个雨天和房东匆匆签下合同，之后用两天时间清除杂物，扫去老家具上的灰尘，换了电灯和电器，就搬了进来。

卧室的安排是：

青	黑
蓝	白

青和黑住楼上，白和蓝在楼下，蓝的房间靠门。

这是她们大学毕业后第一次出来住，各自按喜好改造了自己的房间。黑和白重新贴了墙纸，青买了一整套厨具，蓝则添置了许多实用的居家神器，削苹果都像玩儿魔术。当然这些都是各自在不同时间里完成的。她们都在毕业前就签下了工作，尽管住在一起，有时一周也碰不到面。蓝和白做营销，每天早出晚归。青在日本企业做翻译顾问，公司在郊区。黑是编辑，最清闲，一回家就埋书堆里。

老房子状况不断，先是天然气管道漏气，后来发现到晚上有许多厨房蟑螂出没，再后来保险丝坏了。青在门口贴了一块速写板，管财务的蓝会按照不同阶段的主题更新通知。

一段时间是：最近灭小强，晚上会喷药。PS. 垃圾记得随时扔掉啊。

一段时间是：晚上电路不稳，为避免跳闸，换挡用空调，楼上 18—20 点，楼下 20—22 点。

一段时间是：修热水器的师傅周四晚上来。

大概是毕业后的焦虑，黑总说这屋子阴森古怪。

"养只猫吧。"黑打电话给爸爸时，爸爸建议。

于是，六月，入夏的一天傍晚，黑果然带回来一只小虎斑猫。那天白生病请假，下午在家睡觉，看到突然蹿进来这么个毛茸茸的小东西吓了一跳，黑也没顾上解释，把背包里的猫粮、猫砂拿出来，放在地上，兀自倒腾起来。

白走出房间，问："你从哪弄的?"

黑说："就小区里，我看它特别乖，又那么小，像是没东西吃，怪可怜的，就把它捡回来了。"黑之前就说过要养猫，但大家一直以为她只是说说而已。

白问："那打针了吗?"

黑一脸茫然："干吗要打针?"

"防寄生虫啊，流浪猫可能不干净。要养的话赶紧去打针吧。"于是回房间拿起手机查起了宠物医院的电话，许诺那边马上就去。

黑在那边嘀咕："非洲儿童天天和老虎大象腻在一起也没

见有什么，这么小只猫能怎样啊。"但后来还是拗不过白，抱着猫一起出门去了。

检查了寄生虫，宠物医生笑："这猫太小了，过几个月再来打针吧。"白才放心了，从黑手里接过小猫，揉了揉，"你叫什么呀？"

回到家后，小东西惹得四个女孩子都聚在了客厅里，拍照逗猫，小猫就在客厅的地毯上蹦跳，这猫虽然刚来，却一点也不怕人。

"我走过花园的时候它突然蹿到了脚边，可怜巴巴地望着人。我没忍住就带回来了。"黑说。

"这是公猫母猫？"青问。

"不知道。"黑吐舌头。

"你给它取个名字呗。"蓝说。

"叫什么呢？要不你们取吧，我没想法。"黑说。

后来白说："要不叫老虎吧，你看它多像个小老虎。"

另外三个看着猫，圆溜溜的眼睛，长长的胡须，安静的时候是挺像个老虎玩偶。她们沉默了一会儿，觉得哪里不对劲，又说不出来，于是都点头："行啊。"

但老虎这名字很快就搁置了，因为小猫对这名字没反应。所以黑每次喂猫粮时都只是叫"喵喵"，反正普天下的猫都会意。

黑说，这猫比她以前养过的任何一只都机灵。白天四个女孩子都去上班，各自锁了卧室，关了窗，猫就在客厅玩耍。从皮沙发扶手蹿至高高的窗台，从假热带盆栽蹿到储物柜上。蓝眼睛晶莹地像两个玻璃弹珠。四个女孩子一回来，它就欢天喜地地往人身上扑。尖指甲划得女孩子们身上都是红色血痕。直到后来黑剪了它的指甲。

等到混熟了，这猫就喜欢守在门口，下班一进门，猫就一下子扑上来抱住女孩们的脚踝。蓝说："猫不都挺矜持吗？这只倒挺有狗的热情性格。"

晚上回来，吃了饭，女孩们就各自回卧室了，开着空调关着门，忙自己的事，或和男友在网上聊天，或看书看电影。总之，猫又被搁在客厅了。后来它就守在女孩们门口叫，四扇门都轮流守过，但女孩子们都爱干净，怕猫蹿到床上去，只有黑不介意，没事就把猫放进卧室里，她觉得让猫待在不通风的客厅里太热了。

她躺在床上看书时，猫也躺在床上打滚。

有时回来碰到一起，女孩们的话题也总离不开猫，黑说这只小猫是她见过的最聪明的猫，懂人的心情，又尤其会撒娇。

小猫长得很快，到八月已经有将近两个月。现在这猫儿已经成了女孩们的家庭成员，这种关系虽不牢靠，但却平添一份温暖，在家时她们也敢开门开窗了，猫有时会蹿出门去，过了一会儿又自己回来了。有一次黑出去扔了垃圾，回来带上了门，猫就在门口叫，整个楼道都回荡着可怜巴巴的猫叫。

还有窗户，大家也都不太介意开着窗了，那猫也经常坐在窗户边上，一会儿就小心翼翼地自己下来了。它似乎知道界限，知道几步之外的地方不安全。

这只猫叫起来很大声，但晚上从来不吵人。关了灯就安静地待在客厅的地毯上，直到清晨女孩儿们接连起来上班离家。黑最晚出门，经常其他三人都走了她还在睡觉，这猫就像担心她迟到似的，守在卧室门口扮演闹钟的角色。总之，很不可思议的，黑和猫仿佛有了种玄学意义上的亲密。

因此，后来发生的事情才显得多少有些惊奇。

到了八月，刮台风是常有的事，连着几天剧烈的降雨。四个女孩周末在外面逛街看电影，晚上回来淋了雨。黑感冒了，夜里突然发起高烧。到第二天，她请了假独自在家休息，吃了感冒药就裹着被子睡觉了，早晨睡梦模糊中隐约听见猫在门外叫，她也没顾上起来开门，一会儿又睡着了。高烧一直不退，后来黑起来又吃了一次药，又睡着了。再醒来时已经是黄昏，人总算清醒了一些，于是下楼去，只有白刚回来，看着黑诧异："你没去上班？"

"请假了。"在楼下兜了一圈，看到碗里猫粮还剩一半，大半天没喂它这时碗里早该空了，于是问白："你没看见猫？"

白摇了摇头。

黑在客厅兜了一圈，"喵喵咪咪"地叫了几声，猫没有出来。她想这小家伙可能躲在哪个角落里了吧。烧刚退一点，黑依旧四肢发软，于是去厨房拿了点吃的，就又上楼了。

晚上，黑是被雷声惊醒的。时间是十点钟。屋里开着灯，她睡着了，隐约记得睡觉前外面小区有人在放焰火，屋子里都是硫磺味。但现在又觉得好像是梦里发生的事似的。她感觉四肢不那么没劲了，于是下楼去洗漱。

外面依旧没有猫，哪儿也没有。

黑因为生病而迟钝的神经突然紧张起来。她去敲蓝的门："你看见猫了吗？"

蓝摇头："回来就没见啊，我以为在你房间呢。"

青的回答也是一样的。

于是四个女孩分头在房间里找猫，哪儿都没有。

"是不是谁开门时把它放出去了？"

青和蓝否认："不可能。"自从猫来家以后，每次开门都留意它蹿出去了没，都成习惯了。

那窗户呢？窗户也因为下雨的缘故没开啊。

她们觉得这事很离奇，门窗都是关着的，没有一点声音，猫就像凭空消失了。

"我下楼看看吧。"黑说。说来也怪，到这会儿，她的感冒突然就好了。

外面依旧大雨，她下楼的时候留意着楼梯间里摆放的箱子和杂物缝隙，下到一楼，单元门是上锁的。黑走出门去，雨水在楼道口积了很深，外面两盏昏黄的路灯，印得路面亮莹莹。黑打开电筒在水中走，白光四处照着，也没有，猫哪儿也不在。

黑在夜色中学着猫叫，回应她的只有豆大的雨点砸在水上的声音。

后来，青和蓝安慰黑，可能因为下雨的缘故吧，猫即使在附近也不会出来。

黑说："可它其实也没道理跑出去啊。"

顿时大家都答不出话了。

那天晚上屋里异常的安静，第二天早晨也是。雨已经停了，黑提前了一小时起来，穿好衣服就下楼找猫，地面还湿漉漉的，黑在小区里兜了一圈，也没有见到一只猫，甚至连平时扎堆的流浪猫也不知道去了哪里。后来她写了寻猫启事，复印几份发给了保安、物业，也在楼下贴了几张。

一天天过去，依旧没有消息。后来，白的一个朋友建议她们试试剪刀大法，大抵说是在灶台上放一碗水，上面放一把剪刀，呼唤猫的名字，猫可能就会回来。黑在网上浏览相关的网页，说到猫走失的原因。排除了思春（猫还太小），就只剩受到惊吓、慌不择路（被放炮吓到）和伤心（感到受到忽视，不被主人爱）这两个原因。黑坐在电脑桌前，突然觉得丢了心爱之物，每个人都会变得像侦探。至于剪刀大法，即使黑不太信，也还是试了，可猫依旧没有回来。

门口的写字板上还是上个月的——大家走时记得关门窗，免得猫跑掉啦。

整个八月是在找猫中度过的。每天早晨，黑开门时依旧会盯着门口，总觉得它会突然蹲守在外面似的。周末也总要在小区里走一圈，在野猫群中辨别有没有小虎斑猫的身影。然而都没有下落。丢了什么，向不同的人反复诉说，不是为了让对方提供解决方法，无非为了减轻些失落感。失落过了，就是遗忘。正如夏天过了，就是秋了。

到了九月，写字板上又写了新告示，说的是交房租的事。

这一天，黑下班回家，走出地铁站，吃了晚饭，也到了夜色深沉的时候。她现在已经不向门卫打听猫的事了。很快，生活里不断有别的事要担心。黑低着头，走过几幢楼，到了家里那一幢，刷卡进了门。楼道的灯和往常一样昏黄，黑晃晃悠悠地往楼上走，影子投在一侧的石灰墙上，黑黢黢一片，都变了形。今天她感觉这影子似乎很沉，于是就偏过头看，只觉得那影子背似弓着，一条弯弯的绳索坠在后面，有一个柔软的弧度。她再回过头去看，什么也没有，几步就转了方向，影子也当即被踩在脚下。再往上一层，那影子又出现了，在影子靠近脑袋的部位上竖着尖尖角。黑抬手摸了摸头发，没什么东西。台阶却仿佛比刚才高了，她觉得自己走得吃力极了。只好憋着一口气往六楼跑。

还没等她从口袋里掏出钥匙，门就从里面打开了。现在，黑看见了蓝的脸，高高地俯视着自己，蓝背着包，似乎刚要出门，此时露出了极度吃惊的表情，下一刻便俯下身子一把抱起了她。

"你个坏喵，自己回来啦！"

黑的惊栗大于恐惧，被茫然攫住了，她甚至不知道这是怎样发生的。

现在，蓝用手摸了摸她的额头，把她放在了地上。"天哪！这么多天了，你居然自己回来了。"她拍了拍她，把黑放在地上。"你好像变脏了，我先出去吃饭啦，也去给你买点猫粮，让黑回来给你洗个澡，喵喵拜拜。"说着把门锁上了。

她看起来因为猫的意外归来而惊喜不已。

黑飞快地蹿回了自己的房间，屋子里，一切都和早晨离开时没什么区别。一本《肉桂色铺子》反扣在桌上，桌子看起来很高；晒干的衣服随便扔在床上，还没来得及叠，黑现在觉得每件衣服都大的像床罩；还有杯子里喝了一半的水，椅子上挂着个小牛皮的挎包，黑忍不住伸出手，去拨弄拨弄它。转而又叹口气，这个动作，真的很"猫"哦。

外面，夜深了。星星在城市顶空闪烁，但没人看得见那些小家伙，就像不会有人关心一只猫的异常。黑坐在卧室的窗户上，面前是整个黑夜，她想着自己失去的东西：爱人啦，工作啊，水果罐头和奶油面包啦，一个年轻女孩所能拥有的最秀气的脚趾啦。但好像一切又都变成可失去的了。黑想：猫的走失是能够被遗忘的，人的走失也是，只是时间会久一些。

夜深了，很快，青和白也会回来，她们会知道，它回来了。

夜深了，而她们今天不会觉得夜色孤独，毕竟，失而复得是一件很令人快乐的事。

一幢快乐的屋里住着：

青	猫
蓝	白

钱佳楠

幽灵号码

1

　　我的前同事姓余，为贪图方便我们叫她鱼子酱。

　　那是大三实习后的一段空闲时间，为了赚点游山玩水的旅费，我去了一个小语种语言培训中心兼职。这里的师资基本都靠周边高校的学生，说白了就是临时搭起来的草台班子，人来人往，流动性大，记人名挺耗脑力的，我们这群"数码一代"又都记性欠佳，好在大多都是吃货，于是每人很快就有了简易代号，猪头肉啦，矿泉水啦，章鱼烧啦，万金油啦（吃多了要醒醒脑）……也没人抗议。

　　鱼子酱应该跟我差不多年纪，至多上下一两岁。但从她的行为来看，比我小的概率更大。她最憎恶的事情有三，一是打电话时手机滑进了刚泡好的茶里，二是上厕所时手机掉进了粪池里，三是有人持续地打电话来，找的却不是她。上班第一天，前两项我就亲眼目睹了，当时就感到这孩子动作能有些低下，或许是先天不足的关系？

她在办公桌前坐了一上午，没有咨询的人来，只好无聊地跟朋友煲电话粥，说得口干舌燥了，就一边歪头夹着手机，一边泡茶，嘴里还贱贱地撒娇说："你真讨厌，我快夹不住了，手机要掉了。"刚放下茶杯，身体一松，手机就滑到杯子里。"哎呀"一声，说时迟那时快，她本能地将两根手指伸进杯中夹手机。我坐在对面，好像听到了她手指表皮起泡的声音，她却如没事人一样，毫无烫感。之后就是一阵忙乱，卸电池板，拔 sim 卡，跑洗手间——因为那里有台"烘手机"，就像专门为此时此刻准备的。

手机侥幸没有坏。整个午餐时间，鱼子酱都在绘声绘色地复述手机起死回生的戏码，很快和新同事们打成一片。受了她的启发，万金油忽然想到一个促狭的问题："还好是茶水啦，如果是手机掉进粪坑呢，你们会不会捡？"

这真是个哲学问题，立刻引起众人深思。

"这要看这个手机有多贵。"猪头肉沉吟道，"2000 以上，我就要拼死一搏。"

"这要看我的手机是不是到了更新换代的时候。"章鱼烧说，"有时候掉东西不是坏事，是上帝为你换新的提供的一个合理借口。"

矿泉水的回答一出，大家都皱起了眉头："这要看当时便池里有没有大便。"

　　总之没人愿意干脆地给出一个"会"或者"不会"。

　　而就在下午，吃完川菜肠胃不适的鱼子酱和我相邀上厕所的时候（女生嘛），我切切实实见证了她的答案。提裤子的时候，耳机线在她上衣扣子上挂了一下，手机从裤子口袋里被带出。我就听得隔壁间一声惊呼，和一记"咚"（第二声），黄色水花四溅（各位自己脑补吧），据鱼子酱自述，她毫不犹豫就把手伸进了马桶。

　　她的手机是诺基亚旧款，还不是智能的，不能上网；她的手机上午已经遭过一劫，救活了也是苟延残喘，但她还是本能地要去救一救的。鱼子酱说："跟了我那么多年，上大学了我也没舍得换掉它，它就像我的家人了——就是路人么，我也不好那么绝情只当没看见的。"

　　救回来的手机，还是照样能正常显示时间，就是没有电话再打进来过。在我们的再三游说下，鱼子酱总算下决心买了个新手机。

　　她想出点血，买个诺基亚的高端机子用上一辈子。

　　"诺基亚好啊，掉进开水，掉进厕所，都不会坏!"可上网搜一搜，当今手机市场已经是苹果、HTC、三星的三分天下。

　　我劝她一定要随大流啊，不然以后有点小毛小病修也没地方修。但鱼子酱对诺基亚的忠诚没有丝毫动摇。她觉得和诺基亚在一起就会产生一些难以言喻的化学反应，有点灵异的感应，未必是愉快的，但都很奇妙。为了防止我说的情况发生，她还是买了运营商号码和资费捆绑的签约机。

2

已经几天了，有人一直打电话到鱼子酱的手机上找一个名叫"李犬"的人。

最初一两次，鱼子酱视如平常，还跟我们探讨这人到底叫"犬"还是"畎"还是"綣"。

"'畎'是田间小沟，也就是阴沟，脑筋正常的父母没必要这样咒孩子；'綣'只用在连绵词'缱绻'里，意为缠绵，也未免太奔放了一点儿。当然'犬'也不是什么好词，不过农村人可能给孩子取这样的名字，为了好养活。"

"不大像，打来电话的人是个女的，没有农村口音，听上去就是市区的人。"鱼子酱说。

"可能是电信诈骗，你别睬她就是。"我说。

慢慢就忍无可忍了，最繁忙的时候，鱼子酱要在办公室一连重复三遍："他现在不再使用这个号码了！"

"我跟你说过了，没有这个人！"

"你脑子进水了是不是？"

要做到不理不睬很困难。兼职单位、实习单位、系里教务员，没有一个电话是可以怠慢的。鱼子酱说，最神气的是，对方的号码并不固定，也不是那种一眼就可以识别出的"犯罪分子"，然而这些陌生号码接起来就是同一个女人的声音，找的是同一个叫"李犬"的人。

我们的工作很简单，不必穿着机构的 T 恤和迷你短裙站在马路上派发宣传单（当然这也是必要的，但外包给别的公司了），而是待在有冷气的办公室里接电话为别人重复课程种类、开设时间、填填报名表，晚上开课的也是我们。小语种的需求量小，一天里联系工作的电话铃不超过十次，其中一次还可能是确认中午外卖的。如此无聊地一来，鱼子酱的电话倒成了我们更好奇的声音。渐渐地，这个虚无缥缈的"李犬"竟在办公室扎下根来，成了我们"请病假的同事"，每天见到鱼子酱，我们都会情不自禁地问："那个'李犬'怎么样了？"

鱼子酱开始把学员的名字读错，明明叫"王优"，她读成"王犬"，还好是内部核对，只有我们几个知情者笑笑而已。接着猪头肉、万金油与我也纷纷出错，一个叫"费默"的男生，猪头肉读成"费犬"，万金油读成"费黑犬"，我则错得更加离谱，索性口非心是地叫出了"费黑狗"。

从那一天起，鱼子酱从狂躁转入沉思，她有点相信这个神秘电话是她的命运了。她开始在电话里对那个打错的人表现出耐心，甚至有一次神色慌张地告诉我们："不像是电信诈骗哎，电话里的人说，这个叫'李犬'的可能已经死掉了！"

"死掉了就报警啊，烦你干啥？"我说。

后一次鱼子酱接电话的时候整个办公室就陷入了绝对安

静。我们停下正在键盘上飞快聊着 QQ 的手指，竖起耳朵听隔板那头鱼子酱的回应。

"李犬死掉了你报警啊！烦我做啥？"她把我的话回给那头的人。

"啊！"她沉默了很久，挂断了电话。

"怎么样？"我们几乎异口同声地问。

"她说她报过警，警察不相信，因为她很肯定'李犬'是被父母吃掉的。"

真是越说越离奇，我们都懵了，"那肯定是脑子有病了，你快别管了。"

3

似乎是我那句"别管了"起了效果，鱼子酱的手机铃声"富士山下"很久不再响起。大家还真有点不适应，办公室气氛回归无聊，日子淡出鸟来，八小时变得特别长。我们反而希望出点事，哪怕像手机掉进粪池里那样的小意外也好啊，让时间被杀死得快点儿就成。期间章鱼烧离职，偶尔说起她的时候，有人还错说成了"李犬"，引来一片讥讽的嘲笑。

鱼子酱又渐渐变回刚来时的模样，皮肤光洁，狂躁那几天额头迸发的三颗痤疮消退了，鼻翼两边因激动扩张的毛孔也收缩起来，黑头干净了，也没再冒出来。她又穿起了习以为常的格子衬衫配褪色牛仔中裤，戴着一副黑框眼镜，小清新模样，疯狂打字，忧心忡忡，沉默寡言。

那个星期五是我头一个月工作的最后一天，中午老板给我结了账，热票子到手，只等下班后逛街犒劳自己了。

下班后，同事们一哄而散。鱼子酱收拾好包包，起身向门口走了两步，又返身过来，看看四下无人，神秘地问我愿不愿意和她一起晚饭。

"以什么名义呢？"我问她。一群人在一起的时候不会显得无聊，总有几个强迫症会喋喋不休地没话找话说；两个不熟的人呢就有点不同了，面对面很容易陷入尴尬的沉默，又没有要好到吃完饭立刻就能默然会心各走各路的地步。

"当庆祝你工作满月好了。"我怎么看怎么觉得她的神情有些异样的亢奋。

"哪有人庆祝这个的呢？"我还在犹豫不决。

"那个'李犬'的事，有下文了哦。"她忽然神秘地冲我一笑。我于是心甘情愿地给福州路的一家意大利菜馆打电话订座，要了有彩色玻璃窗、彩色吊灯、红色餐桌、棕榈色餐垫的靠窗位置。

"感觉工作比读书累么？"鱼子酱问，她点了份黑胡椒牛柳通心粉。

"还行，就是有些无聊。"我翻了翻价目表，挑了奶油培根意面，想了想，又配了三文鱼色拉和罗宋汤。

"我也觉得怪无聊的。但听说什么工作都是这样。"服务员问我们要不要酒水的时候，她摆了摆手，喝了一口手中的柠檬水。

我们有一句没一句地瞎聊，每个话题都聊不过三句便没了下文，就好像下老大决心来个形式感十足的意大利餐厅也就点份意大利面一般，搔痒总搔不到要害处。

"那个找'李犬'的女人吧，我见过她了。"她的语调里有些激情，让我感到之前的拐弯抹角都在为进入这个主题做铺垫。

"啊，我该说你好奇心真大呢还是胆子真大？"

鱼子酱微微点了一下头，大概是为了表示对自己的赞许。"她不是很长时间没在上班的时间打电话来了吗？有一天晚上，我又接到了。我想想不了结可真不是个事儿，就约她见了一面。反正她也是个女的，我怕她干吗呀？"

我不知该怎么接话。

"我很奇怪吧？对一个打电话骚扰的人念念不忘？"

"哦，没有。"色拉先上来了，我用叉子搅拌着卷心菜。

鱼子酱和那个打电话来的姑娘约在星期天长风附近的肯德基。鱼子酱到得很早，选了个靠门靠窗的位子吃一份高中毕业之后为了保持身材再没有吃过的草莓圣代。白色塑料勺子把圣代送进嘴里的第一口，她就对过去的自己否定否定再否定了，喜欢吃这种甜得发腻的东西的傻妞，真的是过去的自己吗？

四周都是人，戴着耳机自习的校服衫初中生，公文包一直抱在胸前心神不定嚼着油条的看表男青年，什么也不点蹭空调读早报的老头……

"是你吧，180×××××××的机主？我就是打电话找李犬的人。"鱼子酱被左手边站着的面目清秀的短发女孩吓了一跳。她没什么特别的，娃娃脸，高中生的年纪，极瘦，极薄，除了锁骨和脑袋有点立体感，剩下的部分几乎是二次元的。

"哦，你好，你怎么一眼认出是我，你都没打电话确认？"

"我对李犬的号码有直觉。"女孩说着，瞥瞥鱼子酱的诺基亚手机。

"'李犬'……和你是什么关系？"

"同学，高一同班。"

"你上次说'李犬'是被自己的父母害死的？"

"是被她父母吃掉的。"女孩说每句话的时候都面不改色。

"警察……"

"他们不相信我，因为我没证据。"

"那你干吗要不停地打电话给我，我又帮不了你。"

"这个号码是她以前用的，转学以后再打就换机主了。不过没关系，我想让你知道真相，多一个人知道李犬的事情也好，她不能死得不明不白。"

"可我没必要知道。"

"我从你的声音就听得出来，你想知道。你敢说你不想知道？"她笑了笑，露出好看的牙齿。

鱼子酱把原本跷在左腿上头的右腿放下，换左腿跷在右腿上面。

"你想听。"女孩说，拖了把椅子坐在鱼子酱旁边。

鱼子酱没有否认。

女孩靠得更近了。"你想听。"她重复这句话，嘴角冷冷一撇。

"我对死亡有天生的直觉，不知怎么和你说。我开口的第一句话不是'爸爸'也不是'妈妈'，而是'杀杀'。不是说'杀'，而是说'杀杀'。刚开始我妈和我奶奶在猜，究竟是'沙沙'、'塞塞'还是'叔叔'什么的，没过几天，我爸就在单位跟人吵架，拿水果刀连捅了两个同事，一个当场死亡，一个送到医院抢救无效也死了，我爸进了监狱。他们这才恍然大悟，我说的是'杀杀'。"

鱼子酱听得认真，举重若轻地说："每个孩子小时候都会觉得自己通灵，都相信自己或多或少有点超能力。这很正常，那个阶段你离自然还比较近。"

女孩做了个手势，请她让自己讲下去。"我妈没多久就找她自己的人生去了，这不是重点。六岁的时候，我记得有天早上突然绕到爷爷房里，跟正在穿鞋子准备去打太极拳的爷爷说'路上要小心车子'，结果回家路上爷爷就被小转弯的土方车碾死了。

"哦，对了，当中还有一些插曲。比如我奶奶退休以前要好的同事来看她，给我们送来一个红包还有一个水果篮，她走的时候我就拉着她的手哭，哭了很久，我奶奶开玩笑说，好像我是从那家抱过来的似的。没多久，这个来看我们的老婆婆就突发脑溢血昏迷了，拖了个把月也死了。

"我奶奶后来坚信我有特异功能。她很疼我，初一十五就去庙里烧香，希望可以活得长一些，多照顾我一些。她有时候甚至跟我说，到时候你就跟奶奶明讲吧，奶奶不会怪你的，早知道好早安排。我去年过年前跟她说：'奶奶，年关难过啊。'她就有数了，把存折啊房产啊墓地啊都跟我交代了一边，然后就在小年夜晚上走的。

"我说这么多，无非是要你相信对这种事我有感应。李犬的事我没有证据，但直觉告诉我不妙了。她坐在我的前面，扎马尾，不胖不瘦，挺好看，但也没到班花的程度，我们还算谈得来，可也不是形影不离那种。我最后一次见到她是上学期期末，她从女厕所出来要回教室，我在走廊上跟她说：'小心，你父母要吃了你。'她还笑嘻嘻地，说我开起玩笑来一本正经，然后开学以后就没再来，我也没见到她家长，老师说她转学了。"

鱼子酱在不知不觉间吞了好几口甜得发腻的草莓圣代，脚底都在发冷。她不得不相信了，开始觉得身旁这个女孩的双眼有点像女巫手里的水晶球，眼睛里只有鱼子酱自己的倒影。

"你预见超现实的死亡场面？"鱼子酱问。

"不能，那种预感是突然来临的，从感知到说出来之间没有可以让我斟酌说或者不说的时间。就是我接受到了，就不自觉地冲口而出，等说完了我才意识到自己说了什么。我只是把脑海中突然响起的声音传达出来而已。"

"太无语了。"说着，鱼子酱把最后两口草莓圣代送进嘴里，舌头已经冻麻了。

"看见你右手边穿米色薄衫的老伯伯了吗？两周后的星期三一早……"女孩忽然挤了一下左眼，"我已经长大了，而且非亲非故的，也不好上去拉着人家就哭。"

鱼子酱惊异地朝她说的方向看去，就是那个读报的老伯伯，下身还穿着线裤来，是个有文化爱运动的人。

"他住在马路对面的师大二村，你到时候去看看师大二村有没有花圈，有的话再打听一下，就知道我说的话可不可信了。"说完，女孩一阵风似的消失了。

我的意面快要吞咽完，鱼子酱的通心粉还没怎么动。我不止一次地提醒她"凉了，吃完再说"，可她似乎不在乎，越讲越兴奋。

"你相信么，一个会预知别人死亡的人？"

"很难回答。偶尔的感应是可以解释的，比如你非常亲近一个人，对他的行为很熟悉，那么稍稍有点反常，你就自然会感受到。但要说这是种功能呢，呵呵呵呵……如果是我认识的人，真是可怕呀。"

"我和你一样，这个女孩子出现之前，我想也不敢想。"

她的嘴里塞满牛柳和洋葱，"她叫我验证的事情就是后天了，到时候就知道，我已经跟公司说早上请假，去看看就知道。"

我们就在这样的气氛下共进晚餐，奶油几次从我的胃里反上来，西餐真是不好消化啊。

从饭店出来，鱼子酱的情绪还是很亢奋，"不知为何，我好想知道结果，像以前考试完想知道成绩一样，奇怪吧?"

"你到底希望是真的还是假的呢?"我问。

"是啊，好茫然啊。"她挥着手，上了公交车。

4

周末我仍旧睡我的懒觉，未卜先知的女孩倒没有在我的生活里留下过多印记，或许是因为怪人到处都是，但对于周三的期盼也偶尔让我心跳加速，好像自己下了赌注似的，毕竟这一次的发生是切近的。

周三的早上鱼子酱果然没来，万金油咕噜了一句："哎哟，鱼子酱迟到了嘛。"没有引起任何回响。

大约十一点左右，鱼子酱来了，一样的装扮，神情有点怪，我说不出，半是惊惶半是兴奋。她的眼睛到处瞟，似乎在找某个跟踪她的黑影。很快，我在QQ上遇到了她。

她的头像在我屏幕右下角焦虑地闪动："她很准。"

"你准备怎么样?"我问。

"我相信她了。"

不用问也知道鱼子酱这个周末又见过那个女孩了。礼拜一上班第一件事，她就扯完两大卷封箱带，黄色的，大凳子上架小凳子，爬得老高，把墙上各种隔板的支架统统用封箱带贴起来，连头顶老式吊扇的底座也不放过，雪白的墙壁被打起黄色补丁，丑得离谱。

猪头肉说："你是怕楼上厕所粪水渗下来吗？奇怪，你才不怕这个咧。"

鱼子酱申辩说，都是为了安全考虑，"这种支架什么的随时都会掉下来的，上面放着那么多书和资料，砸到谁头上谁脑袋开花。"

"真要掉下来，这点封箱带顶屁用！"猪头肉说，可他也没有爬上去撕，后来被大楼保洁工撕掉了。

鱼子酱的恐惧与日俱增，走路时小心翼翼地抬着头，挑上方没有物件的地方通过。她开门时尤其小心，跟逃亡似的，抱头鼠窜，因为办公室开门处有吊顶，是个中央空调出风口。

有一次她提出跟我换位子，因为我的头顶上方空空如也，什么都没有。

万金油听见了，特地插话："别纵容她发神经，早上要和我换，我才不睬她呢！"

鱼子酱的脸缩掉一圈似的，哀求地看着我，仿佛在说，别人都不懂我，你还不懂吗？

"是不是她……"我问。

鱼子酱嘴唇颤抖地点点头。

但即便我把位子让给了她也无法缓解她对死亡的恐惧，在中心的最后一周，鱼子酱戴了一顶安全帽来上班，说什么也不肯脱下。戴着安全帽的时候她似乎镇定一些，能腾出手来接电话，打字。我注意到，那个女孩似乎没有再打来电话找"李犬"。

就在我离开中心的那天，鱼子酱还戴着一顶玫红色的安全帽，我宽慰她说，那么多天过去都没事，可见那女孩也不总是灵的，她大可不必害怕了。鱼子酱却觉得，只要思想一松懈就会给死神以机会。

5

刚结束兼职的几天，我还时常会牵挂鱼子酱的安危。事实上她也没有告诉我，女孩具体预言了她些什么。

在我即将踏上去意大利求学的新旅程，把整个办公室遗忘得一干二净的时候，突然收到来自鱼子酱的消息："亲爱的朋友们，本人此号即日起不再使用，新的号码为138×××××××，请惠存，保持联系。"

我没有存下她的新号码。理想状态下预想维持一辈子的东西，远不会老老实实遵循我们的计划，天知道等我回来之后鱼子酱又换了什么别的号码了。但凭借她对旧物的痴情，要她下决心调换一部手机一定也是有大事发生。极大的可能便是经高人指点，把换部手机作为化解之法，不要再自己吓自己了。

无论生死，意外是生活最大的乐趣。

李沐霖

丧尸围城

　　病毒蔓延到西营市的第二天清晨，我乘着自己的飘摇机踏上了征程。嗯，我不知道该如何定义它，也许它更应该叫高空悬浮旅行机，或是霸气一点的中国红龙，但是它的身躯明显不像龙形，更像一个蛋。身为一个非理工男，制造它的艰辛可想而知，更可悲的是，在制造出它之后的一年里，我不断地遭到人们的质疑。比如，他们不断地问我："为什么要制造它？""它有什么用？""它能用来做什么？"

　　靠，这群傻×做什么事都一定要有目的吗？我坐在驾驶舱里看着广袤大地此刻的满目疮痍，似是一个充满戏剧性的高傲宣言。总之，这台机器一无是处，虽然它能不接受任何化石燃料的冲击就能游荡在几百米的高空，但没有任何一个人能控制它的航向，它就像小孩子随风吹出的一个漫无目的的肥皂泡，挣扎在高空乱流里。就像一个完美的避风港，但问题的关键是，当初这帮蠢蛋想到在遥远未来的某一天里，它真的会被赋予这样的意义吗？

病毒远比电视机里所放映的傻逼电影可怖，它不叫 T 病毒，也不曾繁育出各种可怖的怪物。它只是让人变疯狂，嗜杀，贪婪，并剥夺人的个体意识。对的，从行为来看，它使人们变成一群群生命力顽强的丧尸，所有的所有，那帮丧尸题材电影的编剧们都想到了。但是病毒真的没有变异出一个身具超能去拯救地球的好莱坞式英雄，只是在病毒在全球肆虐扩散的三年里，我确信地球里除了我，不再有另外的幸存者。

这个可是真的，但是我却不具备任何超能力，所以并不能一把菜刀横在肩头，在丧尸群里穿行无阻。

三个月前，病毒扩散到中国，我准备启动我的飘摇机。前一晚，新闻女主播还在电视新闻里谈笑风生，调侃美国电影编剧是最精确的预言家，男主播还插嘴说还好我们有青藏高原，两个脑残主播为自己并不好笑的笑话夸张地哈哈大笑，没想到第二天新闻就不能正常按时播放了。我还在揣测两个主播被淹没在丧尸人群中的模样，隔壁逃难来投奔儿子的王奶奶率先给我描述了一番，在老人家有限的记忆中，这群被病毒感染的丧尸比鬼子还丧失，它们嗜血嗜活物，连王奶奶养了三年的一只下蛋母鸡都没能逃脱厄运。

那时我已经决心要启动飘摇机，遗憾的是，它并不是诺亚方舟，没有那么大的容积。在设计之初，我充分想到了将来这台飘摇机所要乘坐的人数。我的爹妈离婚多年，各自成家，我与他们也早已多年不曾联系。唯一能让我眷恋的，就是我的女朋友冉然，她陪伴我多年，始终不离不弃，但最近却有点问题。听他们说，冉然傍上了一个大款，但这于我也没有多大关系，等到丧尸感染遍地，再大款也无力抵抗病毒的侵袭，她总会踏上我的飘摇机，陪着我一起俯瞰这个腐朽的大地，我们一起飘浮在空中流浪。偶尔饿了，我们就找一个丧尸少一点的地方停下来，吃点东西什么的。困了就在飘摇机上睡一觉，反正虽然飘摇机容积不大，但我们还是可以在里面睡出舒服的姿势。

在两个脑残主播的新闻再没有播出之后，人们才切实地感到了恐慌。我所在的城市由军队进行了管制，可是仍引发了暴乱。有一些人，宁死也不做那些没有思想终日只为了吞噬活物而四处游走的丧尸，但他们又没有退路，反正未来就是末日，干脆在临死之前，把自己不敢做的事儿做了。于是，打砸抢烧、奸淫掳掠比病毒更疯狂地霸占了这个城市。我楼下小卖部老板成为这场暴乱中的受难者之一，当掠夺者如蝗虫般洗尽了小卖部老板所有的家业，人潮褪去后，小卖部老板孤独地给脖颈套上了一条打了死结的绳索。

我那时给冉然打过一个电话，她那边歌舞升平，吵闹得厉害，我们进行了简短的对话。

我说："冉然，你最近留意 T 病毒的消息了没？"

冉然："你吓怕了啊，哪有那么厉害，放心吧，我没事儿。你最近怎么样？"

我："我最近还好啊，哦，你还记得我那台机器吧？"

冉然疑惑不已："你是说那个蛋？"

我："啊，那是台飞行器，我就是问问，T病毒要扩散到这里了，你要不要和我一起走啊？"

电话那头，有人喊冉然切麦。冉然应付一声："没有那么厉害，就算丧尸真来了，我们不是还有核武器么，总之没那么严重，好了，我要去忙了。回头找你。"然后便挂掉了电话。

我听着电话那头的忙音沉思了几秒，给冉然发了一条短信，表示如果她愿意的话，要及早通知我启动飘摇机。但我等了很久，冉然也没有回复。

我决定上街去找点吃的，暴乱过后的街道空无一人，只听到零星枪炮声，也不知道是丧尸已经兵临城下了或是军队开始镇压暴乱了。但是遍地都洒满了被暴徒们遗落的食物和零碎钞票，钞票对我的意义并不是太大。我搜集了很多食物，甚至还在楼下满地狼藉的小卖部里找到了两只未拆封的袋装烧鸡，我狼吞虎咽地解决掉一份晚餐，躺在床上，陷入深深的睡眠。

在我很小的时候，我曾经拥有过一栋老房子，从我出生到我十六岁的十六年里，我都在这栋房子里。那时我的父母还未离我远去，我还有一群小伙伴们，那些老式的白炽灯散发出昏黄的灯光，暖洋洋地披在我的身上。厨房就在我的书房旁边，母亲做饭时，饭菜的香气会很快随着风飘进我的房间。我的第一个发明就是在这种美妙的环境下诞生的，我设计出了一种容器，可以把空气中特定的香气保存下来。

可惜的是，那个容器并没有长久保留下来，我暴虐的父亲在一次醉酒后狠狠地摔碎了它，就在我的面前，我保存了很久的玫瑰香气浓郁地炸裂在我面前；我攒了很久，原本要送给冉然当礼物。虽然那时我们只是孩子，但我真的喜欢冉然。可是冉然最终见到的也不过只是略微带着玫瑰气息的玻璃碎片，记得冉然见到礼物那天笑得很没心没肺，她笑了我很久，然后抱住我号啕大哭。

那时的冉然多好，就算我送给她的只是一堆"尸体"，她仍然无比珍惜，可如今我真正设计出了一架比任何豪车都实用的、可媲美诺亚方舟的机器，她却不愿意跟我一同登船。

第二天清晨，但也可能是中午。总之，我上路了，动乱和狂欢还在继续。但飘摇机发动的那一刹那，我知道我将与这里告别很久。这里我并不留恋，但是我还是多想看一看这里的风景。

飘摇机没有给我这样的机会，因为没有操作系统，它只是按照气流的走向漂流。很快，我就只能向后张望着自己如龙卷风袭击过一般的城市越走越远。街道上空无一人，太阳威严而慈悲地俯瞰着大地，蒸腾着刺鼻而又温暖的气息。我向后张望着，想象不久之后这里就将硝烟弥漫，一片废墟，突然热切地流下眼泪。

我十八岁那年读过一本书，书里说，人生的意义就是不断经历、不断缅怀。但对于我，我一直害怕闯出房门，倘有可能，我宁愿宅在房间里直到终老。但我还是不得不面对必须走出家门直面阳光的现实。

暴露在空气里的感觉并不好受，在出门之前，大人们会打上领结，梳理头发，犹如在装备全身的武装。我问过冉然，既然大家走出家门需要这么累，我们干吗还要出去？

冉然给我的回答是："因为这个世界有个该死的东西叫做规矩，如果不遵从它，我们就会被正常人踢出局。"

虽然看过不少书，但我还是困惑不已："为什么我们要被正常人踢出局？"

冉然看了我一眼，轻轻抚摸我的脑袋："因为他们排斥少数派，而我们正是少数派。"

我带着回忆和冉然永别了，我甚至幻想某一天俯视大地时，也许我能看见冉然，在一群令人作呕的丧尸当中，冉然慢慢地转过脸，她的半边脸也许已经腐烂，但另半边脸却洁白完美如同当初。我不明白我为什么要憧憬相逢，但有时我们就是难以停止想念。

此刻，气流已经转向了，飘摇机如同一个气泡一样在云层里碰撞来碰撞去，忽而跃起忽而跌落。但此时我已经不太看外面世界的变化了，我躺在飘摇机的沙发床上，耳朵里塞着耳机，我在读一本书，是苏利·普吕多姆的《孤独与沉思》，这里面的诗写得真棒——我将在草地上读过夏天，仰躺着，头枕双手，眼帘半闭，不用叹气去搅乱玫瑰的呼吸，也不打扰响亮的回声。

天色已经暗了下来，我打开天窗，只留一层玻璃抵御气压。我双手枕着头，感到从未像此刻舒服惬意。此刻飘摇机穿越了云层，所以我能看到很多星星，我敢打赌，如果不是气压限定了飘摇机的飞行高度，我们能穿越大气层，像一颗毁灭膛线而出击的子弹，在整个宇宙间自由乱撞。

在漂流的过程里，我决定思考一些问题。比如我要飘多久，如果我不想突然继续漂流下去了，我应该去哪里。

房间突然抖动了一下，柜子上的书夸张地散落下来。我爬起来看向窗外，窗外一尊巨大雕像的轮廓在雾气中若隐若现。我说的巨大，是难以形容其大小。因为在那尊雕像上，数十处火光星星点点地浮动着，再仔细看一看，就能发现那是一个个努力攀爬的人。天色已深，我无法辨别那到底有多少人，我也没想过因此停靠。但飘摇机竟然笔直地向那座雕像飞去，在雕像的岩壁上连滚了几圈，颠倒之中我竟借着那一簇簇灯火，看见了攀爬的人们惊慌失措的表情。无数的人们，奋力地向上爬，而我至今都没有看清这座雕像雕的到底是谁。老天保佑，我从没有到过美国，更没看过美国的自由女神像，所以我觉得，这一定是举着火炬几百年都不曾放下过的自由女神像。

飘摇机随着飘忽不定的气流向雕像上层飞去，越飞越高，我逐渐看得更清晰，向上攀爬的人群，仿佛在玩集体的cosplay 秀，每个人都举着一只火把，身上系着登山绳，争先恐后地向上攀爬。而我也终于看清了这座雕像的面容，我靠，竟然是一尊佛。佛头笑容可掬，双目无神地看着我，在墨蓝色的天空下显得分外可怖。而佛头的顶上，模模糊糊有着什么东西。

单单从飞行高度来估算，这尊佛起码有五百多米高，而我一直飞到了佛头顶上，才看清佛头顶上的那东西，顿时大惊失色，数十米见圆的佛头顶上，正蹲着一条瑟瑟发抖的狗。我发誓，这里并没有运用任何的比喻，那真的是一条狗，并且看品种，应该是一条边牧。我并没有想停下的，但飘摇机此刻却在佛头顶上打了几个转，如航空器撞击月球一样撞了几次，最后稳稳当当地停在了佛头顶上。更没办法容忍的是这条蠢得吓人的边牧，当飘摇机一停下来它就摇着尾巴冲了上来，紧凑的五官透露着一种仿佛见到了主人归来的欣喜。

我也是没办法，实在是好奇心驱使，特想站在佛头顶上好好看个清楚，那群人玩命爬一尊雕塑干什么，莫非是想在世界末日还没完全吞噬这个世界时，他们这样不辞辛苦地攀爬，只为站在佛头顶上再看这个未知的世界一眼？

我打开了舱门，走下飘摇机，那条边牧如获大赦般兴奋地冲了过来，还舔了舔我，随后头也不回地钻进了飘摇机，钻到门口的驾驶座下面，只露着一双眼睛瑟瑟地看着我。我倒是没有赶它，毕竟我也不是什么坏人，而留它在这佛头上，没有食物没有水，如果不带它走，它的命运或已既定。

不过，当我站在佛头顶上，借着底下攀爬的人举着的火把，倒是真真吓了一跳。原来，底下攀爬的并不只是人，紧跟着他们的，还有无数丧尸，与电影情节不同，这群丧尸显得异常灵活，机动性要比人大得多。别问我怎么看出来的，人和野兽毕竟还是不同的，但人如果变成野兽，我打赌你也能看出来。

随着他们的攀爬，不断有人被丧尸扯断登山绳，从岩壁跌落下去，可惜丧尸们并没有因此而满足，仍然不断追击。我倒是不怎么害怕，一来他们距离佛头顶还有些远，一时半会对我造成不了威胁，二来，毕竟我也是个看遍各种美国 R 级片的男子汉。不过，血腥味实在比血肉淋漓的场面更让人难以忍受，我还是有些眩晕。我回到了飘摇机，重新启动，那条边牧绝处逢生，竟然没有意料中的惊喜，反而肚皮一翻，侧卧在地呼呼大睡。

飘摇机缓缓腾空，而在这段短而漫长的时间里，奋力攀爬的人和僵尸也终于到达了佛头处，我俯瞰着他们，突然好奇爬上佛头顶的他们会做什么。

不料，结果突如其来，发生的一切也让我不可思议：第一个爬到佛头顶上的人双臂一震，欢呼雀跃，然后一个漂亮的鹞子翻身翻下了雕塑，在空中徒劳地扑腾了几下，就笔直地堕向了地面。

我 ×！一句脏话从我喉咙里喷涌而出。我以为这群人这么用力地攀爬是为了求生，现在看来，完全猜不透剧情啊。

而随着第一个跳下佛头顶的人遥遥消失在我的视线中，

更多爬上来的人也不约而同地向地面堕去。幸好我曾是个小说家，得以清楚地描述出我眼前的画面：随着人的下落，那群丧尸也完全改变了目标，从雕塑壁上做出各种急停甩尾的动作，张牙舞爪地随着那群人扑了下去。

一时间，我突然想到小学课本里那篇群羊会跟着头羊一起跳崖的课文。而这群人如此辛苦寻死，又是为了什么？带着满脑的疑问，飘摇机终于飘离了这个地方。让我老实跟你讲，这世界除了男女性别，还有一种把人群划分为二的办法。在这个世界上，不论男女，都是分文理的。假若我是理科，此刻应该会冷静卓然地拿出一大堆数据，煞有其事地计算几个小时，从而得出这群人得了"用尽所有脑细胞作死征候群"的结论。但是我是个文科苦逼男，因此我不得不浮想联翩，也许这群人为了拯救自己的妻儿，以一身之死，吸引丧尸群，爬上雕塑，拖延丧尸群，换得妻儿逃生的机会。

但就算是以文科男的逻辑思维，我都找到了不少漏洞，比如他们是怎么挂上攀岩绳的，还有就是为什么他们跳下雕塑的姿势都那么优美。最后我总算想起了一点点事情，就是，当初以文理划分人群的时候，其实还是有极少一部分人单独站队出来，成为了第三种群，后来又因为走的方向完全不同于文理，他们还多了一个名字，叫做搞艺术的，不过，我们都习惯叫他们傻 ×。

如果以一次行为艺术来解释他们的行为，完全就行得通了。天已经黑了，但我竟然丝毫不困。这会儿我在煮一杯面吃，我的食物储备还够，如果不够，现找都来得及。因此我也分给了那条边牧一支火腿肠，看着它埋头吃火腿肠摇尾巴，我不知怎么的就有了一种心酸的感觉。

正如你们所见，我是个在生活里一事无成的失败者。但我相信，若有人知，将会有很多幸存下来的人羡慕我竟能在此刻双手倚着头惬意地看窗外的星空。科技带来的进步给我的便捷还有很多，比如我装载了五个硬盘的电影、动漫还有A片，倘若在以前，我估计装碟片都得装一火车皮。

不过，我人生中最大一个遗憾就出现在我看电影的时候，那会儿我正在看的是《猫狗大战》，不止我，就连那条边牧都看得津津有味直吐舌头。猛然间我听到巨大的碰撞声，一向平稳的机舱猛烈地颤动，那条蠢狗吓得四肢腾空而起。我急忙仰起头向窗户外面看去，我靠，真是教我做人，一架巨大的客运机带着巨大的轰鸣从飘摇机的上空疾飞而去，正好与飘摇机所依仗的气流背道而驰。这让我很疑惑，因为距离丧尸爆发时已经过去好几个月了，我四处飘摇，也没有见到一个正常点的活人。但这架飞机是怎么回事儿呢？莫非是丧尸们觉得杀人杀够了决定学学开飞机玩玩？

可惜我永远只剩想象的自由了，飘摇机的所有动力包括供电都是来自气流，加上当初我并没有为飘摇机设计操控系统，所以我只能看着那架飞机绝尘而去，而我越飘越远。这事儿让我挺遗憾的，因为我感觉偌大的世界就剩我一个，像个孤独患者自我拉扯，挺可怜的。

不知道你们有没有听过五月天的《诺亚方舟》这首歌，但在我一路飘摇中，真的瞥见过此刻已破败萧条的华尔街，也险些撞上迪拜塔顶，终于也曾看见少数幸存者，要么被丧尸群追得如同丧家之犬，要么三两结群，或孤身一人，孤独地走过沙漠山川。

哦对了，那条边牧还活着，我还给它起了个名字，叫二然，我想，这是我唯一能对冉然的纪念和缅怀了。二然长得很胖，每天除了吃睡就是跟着我在某个寂静而开阔的地方拉屎，我们蹲着一起看不再被污染的日界线和蓝天，除了无聊，我们还挺开心的。

故事写到这就要结尾了，迄今为止，我已经漂流了两年零三个月。其实我本来想给你们留一个传奇的结尾的，那就是不要结尾，让这篇故事在这句话戛然——

可是，我又不确定我接下来会有什么样的遭遇，说不定我是因为飘摇机坠毁而死掉的，也可能在写这篇故事的时候被诡异地登上飘摇机的一只丧尸活活吃掉了。只要我没死，你们就看不到结尾，但如果我死了，就没有人来替我完成结尾，因此，我决定给自己编排一个结尾。

我漂流的生涯在我忘记用日期计算时间之后的某一天结束的，那天我和二然吃过了饭，看了一部极其无聊的电影，我们兴致盎然地打算停下来找个地方拉屎，如果我没有记错，那地方以前应该叫白宫。我们就这样蹲在白宫门口，看着寂静无人的白色官邸，看着时光慢慢地把屋顶抚上灰尘，直到夕阳西下，我才发现我们忘了带纸。不过，我已经和二然磨炼出了极贴合的默契，我吹了个口哨，二然就屁颠屁颠地奔向了飘摇机。但是就在二然刚刚进入飘摇机的那一刹那，我突然听到了巨大的嗡鸣，我去，竟然是防空警报。我茫然地站了起来，裤子都没有提，就看到不可思议的一幕，有无数丧尸出现了，到处都是。不过他们动作缓慢，只是一个又一个地出现，以我和飘摇机为中心围成了一个巨大的圈，缓缓逼近。虽然我已经拉完了屎，但还是有种被吓到再来一次的冲动。不过我可没有逃跑，这倒不是因为我是个男子汉。而是突然从丧尸群中出现了很多熟悉的面孔，让我一下子舍不得走了。我发誓，在我漂流的路途中，虽然偶尔会孤独，但从没有特别想念谁。可是我本该想念的人突然一个个出现在我面前，我却挪不动脚步了。

冉然，我老爹，身后还跟着个衣衫破旧、大面积腐烂的女人，好像是他女朋友，没一会儿，我老娘也出现了。靠，我对这些可都是无所谓的，但就是挪不动脚步了。冉然的眼睛没了一只，空洞洞的，透露着血污，躯体比我老爹可是完整一百倍。我老爹已经没了一只胳膊，表情麻木，再也看不见昔日眉目间嘲讽的表情。最不可思议的是我老娘，她居然是个秃头！等等，怎么我初中班主任也来了，丫怎么没被活活啃死！

就在这会儿，我突然丧失了任何做决定的能力，只是凭着一股脑的冲动，提上裤子，转身一脚把摇着尾巴叼着卫生纸跑出来的二然踹进了飘摇机，按下强制制动，又一把扣上了舱门。

你们都不知道我设计的飘摇机有多么的好，里面只剩一只狗了，它照样能飞，照样能漂流。食物储备还够，二然也足够聪明，说不定会有什么奇遇，能够险里逃生。而我，却不得不和它说再见了。

我描述不出我的冲动，也没有什么足够的理由。但当我回过身来，面对已经变成丧尸的爹妈，已经不再漂亮的冉然，我突然感觉，我必须要加入他们。

冉然率先靠近了我，她捧起我的胳膊，开始轻轻噬咬，奇怪的是，一点都不疼。我爹妈围了上来，更多的丧尸也围了上来。而我仰起头，静静地抚摸冉然已经枯萎的头发，看向天空。

飘摇机越飞越高，终于消失不见。

万艳琴

哈罗，星球救援

超市的厕所里。

她面朝马桶，食指伸向扁桃体，反胃的感觉像一场要下不下的暴雨，空气里早已弥漫着一股土腥气，蜻蜓飞低与鱼儿轻吻，雷霆的愤怒已分盒装好，只等生产线的卷轴开始运转。等待中的大雨却迟迟不来。这和她的青春一样，所期待的东西没有按时来过。呕吐也不容易。或者说巧克力走得比较快，已先她一步消化在身体里。

可恶。她的手指向深处探去。

一整块好时之吻，100克，约2000焦耳，500大卡热量。十分钟之前还在售货架上满怀期待地等着被挑选，今天会不会有一段冒险呢？男孩游戏般抛扔给一起月下打球的室友，一双手背在身后，几次鼓起勇气又收回的脚步在独自品尝这甜蜜的折磨。它这样想着，然后被一双手满怀目的性地拂在地上，手的主人矮身蹲下，它被一重阴影遮住了。昏天暗地的黑夜迅速降临。醒来已是另一个地方，一股消毒药水和尿液的腥味，它的肌肤被撕裂，被粗暴地撕开了，一颗鸡心巧克力袒露而出。下一刻就被塞进嘴里，被咀嚼，机械性地碾碎，它的心的形状。毁灭毫无情节之外，它甚至没能光彩地走出这家超市。朱诺将食品包装纸袋撕成碎片，又摁下冲水按钮。没有哪个变态会像我一样躲在超市的洗手间吃东西了吧。吃过又吐掉，真是个大变态啊。她对着镜子叹气，那里面的人眼珠晶亮，嘴角洋溢着满足的笑。大变态。

洗完脸，重新抹了唇膏，再走过收银台。一板养乐多，两袋日用、一袋夜用卫生巾。总共 44 块钱，她的生日也是这个数字。44，死了又死，嗬，从一开始命运就给了她告诫。反正，怎么也不要人好过就对了。安全走出超市时朱诺想，总有一天她会被捉住的。那么一切都完了。好一会儿又完全像想起来另一件事般摇头，我早就完了。不过是又完一遍。

既已发作过了，这一天应当再无事端地度过。就像这个城市的大部分女孩子一样，上班，下班，煮饭，洗碗，洗澡，睡觉，上班，休息日去超市买点生活用品，回家准备晚饭，吃饭，看电视等等，这恐怕只是她的生活吧（隐蔽之下的又是另一回事了）。可即便是这样毫无奢望、乏善可陈的生活，要有始有终也须得经历种种磨难——来自食物的磨难。而以她这种与世隔绝，几乎封闭的状态，唯一能攻入关系堡垒的只有亲爱的父母。

万物无声。

你知道除了建筑物里的其他生命，建筑物本身也会因为气温的微小变化发出一些声音。而此时的房间太安静，朱诺觉得她已然被这种无声的状态抹杀，仿佛不存在般。

当她今晚第三次走进厨房打开冰箱，空的。她知道。杯子里的水满得快溢出来，她也只是舔了舔嘴巴。拿水杯的右手手指环扣着水杯，一下一下地敲。在想一些事儿，和爸爸有关的事。十分钟之前他打来一个电话，说国庆节会来上海，让她在网上买好票，三张。三个大人，一个孩子。爸爸，妈妈，外婆和小表弟。

她说，身份证号码发到我手机上，现在都实名制的。

这么麻烦啊，那我回头问问去。他说。

你们住哪，都有安排了？

到时候住宾馆啊。

去年的国庆小长假就有十几万的人涌入上海，旅游高峰你知不知道？现在不订好房间，到时就没有"到时候"了。

再说再说啦，你别瞎操心，我是你爸还要你操心？反正你先帮我们把票买好。

那打算玩几天，回程的票要不要买好？

不要不要，我们还打算去杭州呢，唉，回来的票也再说吧。怎么，去都没去，就急着赶你爸你妈走啊。

你知道我不是这个意思。她说。能想象电话那端附在屏幕上他的耳朵，一定烫烫的，红红的，一路烧到印堂，像日暮时缠绕天空的绛紫色云霞。手上的一双筷子漫不经心地挑着盘子里的菜，翻来覆去，犹豫着要不要多喝一杯。唉一声，先造个势做一个铺垫，今天的菜略丰盛，有多。没办法了，那就再喝一点吧。并不是忍不住要喝，她要人知道这一点。于是，瓶子里的酒花再一次打上滩头，窗外的天色已晚，月亮迷蒙得像从湖中间升起来的。

朗姆酒味道的冰淇淋已经顺着喉道滑向了无底洞，等了很久也不见一个响。好空虚啊。她想要置之不理，却叫大肥虫恼羞成怒疯狂地啃噬她的心，在死寂的屋中发出"沙沙"的吃桑叶的声音。又或者那是她的一双罪恶之手重新伸向食柜，掏开一盒薯片，不受控制一般往嘴里运送着管它什么味道只要能吃的声响。它又一次轻而易举地取得胜利，风卷残云，仿佛汪洋中一条小船卷进漩涡里，浪花长出牙齿机械地上下咬合，战栗而兴奋。食物的残渣落在了桌上、短裤和宽阔的大腿上。她伸手去拂，胸中翻滚着受尽屈辱的狂风吹啊吹，眼前茫茫一片全是碎片，她那颗饱食终日的心的罅隙。

8点半的晚班。现在7点整。除去搭地铁的40分钟，以及必要的步行20分钟，她还要磨蹭30分钟才能出门。熬过这30分钟，姐姐就要回家了。她秘密的行动终于得以消停，而这冷酷而疯狂的一天就算平安度过。她不能一个人待太久，否则她会停下来想别的事。可怕的事。当然在群体之中也会想，但出于一种对保持正常的忌惮，她不会让自己在黑暗之外的地方失控。

与时间对峙的漫长时刻里，手机"滴"一声，一串一串的数字牵着手从屏幕上跳出来。身份证号后的亲人，密密麻麻地挨着，散发着一种群体的温情和威胁。她讨厌数字。据说在世界上的很多文化里，恨与无能是直接联系起来的，甚至就是一个词。但中国的文化不同，它巧妙地把这种联系弱化了，我们恨的时候总是有许多情有可原的理由的。但她倒不介意承认自己的无能——在财务咨询公司实习一个月后落荒而逃。她只是无能的（非要这么说的话）难以忍受她以外的人这样点评。他者即地狱。但他们不知道，对孩子而言，这种粗鲁的失望会带来恐惧的深渊，底下的空气又冷又硬。他们当然不知道，正因为他们也是这样堵着气地被催促着疯长，匆匆冒芽，匆匆结穗。人们总是仓促地把很多乱七八糟的感情错认成爱，又把真正的恨美化成恨铁不成钢的爱，嫉妒的爱，因爱而生出的疯狂占有欲，血浓于水的爱。他们恨她。

嘀嗒嘀嗒，一条狗从楼下走上来，脚趾甲在铺满灰尘的楼阶上一板一眼地咔咔踩过，阿嚏，接二连三地打嚏。她坐在客厅里听得清清楚楚，这种老式居民房的隔音向来不好。它在到达朱诺所住的这一楼层停下来，哒哒踩着步伐向她的门走来，用脚掌扒着门角，脚趾甲和木板之间奏出一种新的声响。她奔上前去打开门，空无一物。这只是听觉上的记忆。两种挫败在她心中调出一款烈酒，热油一样在胃里翻滚，她已趋于疯狂。

朱诺有过一只狗，小辣椒。名字是看周星驰和张学友演过的一个电影《咖喱和辣椒》取的，她喜欢周星驰扮演的辣椒。从小学养到中学，整整的八年光阴。每当爸爸醉酒后胡言乱语，歇斯底里地骂她骂妈妈骂所有人的时候，它会在她身边静静地待着，用尾巴去扫她的脚踝。等他骂完了关门呼呼大睡，她就抱住它说话。有时候也哭。看着她的那双温柔眼睛总是在说"我全能听懂"，"别难过啦"，它舔她的手和脸，从来不会不耐烦。大概是因为狗的时间和人类的不一样，所以它和她的关系一直在变化。起初还是一只小狗的时候它就像她的孩子，小尾巴一样整日在脚下撒欢，奔跑，走哪儿跟哪儿。尽管那会儿她也还在过着儿童节。但后来就不一样了，老辣椒步履蹒跚，走几步楼梯都喘，对她的依恋也转为祖母式的。就像现在的爸爸，她逃离老家出外工作一年，爸爸的态度全变了。不再性格暴躁，用嬉笑来取代怒骂，似乎另一种时间在他身上走过。他迅速地衰老了。

她是在楼道里遇上下班回家的姐姐，她在一家外企做行政和人事，萨拉是她的英文名字。她们先后在毕业那年从老家来到上海，并在为自己终于挣扎着脱离家庭的束缚而感动的半年后，迅速地对有别于出生地的另一块岛屿幻想破灭。究根到底，每一座城市都是需要消费巨量青春和金钱来换取它能给你提供所有感官刺激中你最想要的东西——权力，食物，性，生育，每一样都充满乐趣，组合起来甚至足够支撑一个人走完一生，但问题是她现在觉得所有的一切都不可得。倒不是说这些流水线般的愉悦不是专为她而存在的，而是太难了。对一个煎饼果子的贪念都能引起她的恐慌。所有的一切对她而言太难了。

两人相视一苦笑，朱诺分不出这是下班后的倦怠，还是她和自己有着一样的心情。于是在积尘已深的楼道口停住说："爸给你打过电话了没有？"

"没有啊，他说什么啦。你今晚上晚班？"

"嗯，要来上海了，让我们在网上帮着买票。他不会电脑。那么买票的事你先办好，我赶着上班了。回头身份证号发你手机？"

"喔。"

"怎么办啊。"

"什么怎么办？"

"你，你晚饭怎么办，一定没吃过吧？看起来很疲倦啊（我怎么办，快要发疯了）。"

"随便吃了点。你呢？"

"当然了。不说了啊，我走了，再不走上班该迟到的。（我呢？我吃了一个九寸的重芝士披萨以及一磅鲜奶蛋糕，救命！）"

"到了公司给我发个短信吧。最近也不怎么太平。"

"嗯。（救命！）"

忙过凌晨一点，呼叫中心渐渐安静下来。她终于得以打了个盹，反正电话铃声响亮得足以叫醒一个装睡的人。等到铃声再次响起的时候，俄罗斯组的琳达翻了个身，含混地嘟嚷："朱诺，是你的还是我的？"

"可怜的琳达，是你的电话线在响。她打了个哈欠说，最近俄罗斯人很活泼嘛。"

琳达于是从那张躺椅上爬起来，在拿起话筒之前，重重地咳了几声："Planieta Assistance, jal ja mahu dapamahcy vam?"

"哈罗，星球救援，请问有什么可以帮您？"星球救援是一家境外旅游援助公司，为全球的客户提供医疗上的援助。因为全球时间差的原因，呼入的国外电话经常在深夜问候早安。根据话术要求，英语组接起电话第一句就说："Hello, Planet Assistance, how may I help you today？"俄语她听不懂，不过也就这个意思吧。有电话呼入就表明在大陆的另一处有人急需救援服务，时间往往刻不容缓。刚开始接触会很着急，总以为全是千钧一发，急切切地去处理。但接触多了，时间久了就好了，所有的事都是这样，感同身受不如冷静克制。可多数人又执著于要人懂得，似乎只有借以被懂得才能获得存在，真我的被看见所昭示的存在。

谁来帮帮我呢，没有人看见我，没有听我说，没有人爱过我，没有人还包括我自己。她说着无人听到的心声。久泡在深夜的口腔，舌头像一条黏稠而笨重的鱼，在月光下静静散发出腐烂的腥味。这感觉使她想到了小时候去河堤上看洪水，风中都是鱼的腥味。

1998年的夏天，大雨不停地落下，到第二个月的时候，洪水几乎漫过河堤。两岸的村庄都在惶惶不可终日中等待抗洪局关于泄洪的决定。往哪边泄？有许多人家短暂地迁出。她家因祖父的病危而延缓了避难的时间，一切只等部队下达指令，然后再作商计。南岸的她常跟着姐姐偷偷跑到河堤上看武警部队抗洪，往日温柔流淌的河神如今顶着大肚子，它腹中积蓄着许许多多的暴怒，难受的感觉使它不得不兴风作浪，咆哮起来的样子倒像一只巨大的河怪。堕落的神发誓要吞噬一切来减缓它的空虚。大浪几次险险掀翻人墙。此后的她再没见过这样的情景。回去就病倒了。在床上迷迷糊糊地躺了几天，总隐约听见远远的地方，奶奶在喊，朱朱，回来啊，回来啊……另一个声音趟过河水由远及近，水面被拨开的声音是哗啦呼啦的，最后在她的窗口立住。回来了，回来了唉。

朱诺忽然很想等琳达放下电话的时候问问她，在她老家那边是不是也有这种说法，小孩子忽然生病，神情呆滞，那一定是在某处受到惊吓，魂魄掉了。就像现在的我们掉一个钱包一样。于是，大人会在小孩子丢掉魂魄的地方来来回回喊她的名字，"某某，你回来啊，回来啊。"另一个人应声，"回来了，回来了诶。"然后迷路的魂魄就会重新回到自己的身体上。但她太困了，舌头重得像一座山。心中盘算着离天亮还有几个小时，下班又有多久。夜班的生活使她活在另一个时间维度里，白天不是白天，黑夜不是黑夜。她的魂灵常常出窍，这会子跟着弄笛人的远去了有河流的地方。

滴答滴答，墙上的四只挂钟各自指示着纽约、伦敦、巴黎和她这里的时间，上海深夜的同时，另一块大陆上的人们正刷着牙，剔着胡须，桌上摆好牛奶和面包，清晨的阳光媚人。它从东边出发，一直往西走。太阳到达东亚的时候，朱诺刚用冷水洗过脸。一夜的晚班上下来，她此刻有些神情呆滞，浑身使不上劲儿，思绪迟钝地飞起来就像被牵了线的风筝。交接的时间到了，她跟莫妮卡说，昨晚有一位美国客户，他叫亚当，因酒吧斗殴受伤，事后被朋友送到长安医院，经医生判断，肛门爆裂，当夜急需手术。

"肛门？你是说肛门吗？"

"喂，不要这样笑。不过，你没有听错。"

"哇。"

"对方下手够狠啊。"

她喝了口水，"过这家医院和我们公司没有合作关系，所以当时无法接受我们的担保。好在事发地在上海，医生答应先做手术，只要公司尽快派一位同事去付手术费用就行。"

"行，我知道了。"

"还有啊，那位在广州公立医院的罗伯特，我已经按他的要求联系好了一家外资的私立医院，你再确认一下救护车到达的时间，就可以安排办理出院手续再转院了。"

"医生不是说不建议转院，心悸还什么的不是稳定了一些吗？"

"对啊，我也反映给他的保险公司了，他们说既然客户强烈要求转院，就帮着安排吧。"

"唉，真闹腾。看你憔悴的小样，昨晚是被美国的同事重点摧残了？"

"当然是，谁让他们和咱日夜完全相反的呢。"她揉揉太阳穴，和刚进办公室的迈克打招呼，"早啊，马克。"

"早，看你这个样子，千万别告诉我今天有大 case？"

"呐，别说我迫害你啊。今早快天亮的时候，接到巴黎办公室的电话，说让我们联系一个法国导游，旅行团里有一位老先生急需医疗救援，要赶紧安排。"

"现在什么情况？"他嚼着什么，忽然凑上前来，嘴里的味道香气扑鼻。好闻得像一种花，那种会在秋天开满整片土地的花。你分不清楚这个时刻是不是在上学的路上，是不是下楼就会遇上认识十几年的杂货铺老板。他在一个阳光的，有着花香的午后笑眯眯地喊你"小朋友，要不要吃雪糕啊"，然后时间消失了。

她略一走神，说："目前只知道人在西安。我打过三通电话了，也留下短信，但联系不上导游，已经给法国同事反映了，他们说会尽快再联系看是什么情况，再给我们邮件指示。"

"这样啊，那就没办法，只有等喽。"

琳达收拾好包包，招呼她一起下班，"走啊，朱诺，回去补眠啊。我现在觉得整个人呈现一种精尽人亡的状态。"

她苦笑，来嫉妒我吧，一会儿还要做回代理去长安医院给亚当付住院费啊。只等拿到财务的审批拨款就出发了。

她乐了，"真羡慕啊，还可以 24 小时待命。上哪儿找这么幸福的工作啊。"

办完事回到家，第一件事就是在网上订票。然后打电话告诉老爸一切办妥，应该怎样拿着身份证去取票。事实上，距离她上一次睡觉过去了 36 个小时，距离她上一次吃东西只过去了五分钟，却还想吃桂花糕。早上马克吃过的，她现在馋这个。为了抑制这种错误的欲望，她直挺挺地躺在床上，先前大量摄入的碳水使她头昏脑沉。但不想睡，顺手拿起一本书，折页停在上次看的地方。那一段话还停留在相同的位置，不曾趁她不在家的时候偷偷溜走，偷偷吃东西，发出洪水猛兽才会有的吞咽声。

"他言之凿凿，不可能，我做避孕做得那么小心，这个社会根本就不能抚养孩子，孩子可是无底洞啊。"于是，有时在梦中，她真的把自己想成了个无底洞，什么也感觉不到，偶尔有土块掉进她里面，冷不防还有雨水灌进来。

朱诺将书放下，平摊在腿上。这会儿满脑子都被桂花糕占领了，嘴里又干又涩，很想喝点儿饮料。她不想喝水，那么寡淡而无味的东西。即便是躺着，她的肚子也是凸起来的，像一只搁在案板上无人问津的西红柿，快要烂掉了，仿佛一戳就会破。流出腐味的，血一样的汁水，令人作呕。可是冰箱里还有什么呢，什么也没有了，那食物柜呢，也空了。她昨天发疯一样吃下去了，又吐掉。刚刚也是强忍住要抠向喉咙的双指。不能再吐了，她的脸浮肿着，头发在脱落……起码不要让爸爸妈妈看到这副鬼样子。另一个声音在角落里回荡——真想让他们看看我这副鬼样子。

碳水在身体里面作用着，加一点脂肪在腰上，加一点脂肪在脑袋里，睡意昏沉。童年的回忆在半梦半醒间席卷了她。

黄昏下了一场急雨。外头是闷雷惊惊乍乍，暴雨疯了一样拍打着窗台，屋檐，发出扰民的哭喊。雨珠涌进来，落在脚踝上凉丝丝的，很舒服。她迷迷糊糊地躺在地板上听了一会儿，感到大雾中有一个阴影摸索到房里来，他仔细关好一扇扇窗户。应该是妈妈，她做一切动作都小心翼翼，却依然在黑暗中踩到了她的手。而她屏住呼吸没吱声，大概是太困了并不能真正醒来。妈妈身上有河风的腥味，浑身湿哒哒的直淌水，脚趾间缠绕了许多的水草。忽然一重阴影骤然欺下，那张脸被河水泡肿了……她骇然醒来，大汗淋漓，最初的几秒她以为自己是在家里，一觉醒来发现妈妈不见了，她一个人不见了。然而任朱诺怎么大声呼喊都得不到回答，她又以为自己误入了另一个梦境，所以才得不到回应。因而她好想回去，好想回去修改上一个梦境。不应该是那样的，她的母亲并没有投河，她们明明去沙滩上将她找回来了，哭着喊着说要死一起死地求回来了。而且隔天妈妈就要来上海了，还有爸爸——她头世埋靠了坟的冤家。一切都好起来了，不是么？

日夜颠倒的睡梦叫她昏了头，她以为的梦是现实，以为的现实是梦，傻傻分不清楚。于是她又睡着了，朱诺听到楼上传来杯子砸向地面的声音，妈妈又被摔在地上。莎拉首先冲了上去，她站在爸爸和妈妈中间，大吼，你又发什么神经病。所有的人都停下了，包括一味害怕只懂得哭的朱诺。只有小辣椒是高兴的，它不知深重哒哒跑上楼，摇着尾巴四处钻，它想讨所有人高兴。窜来窜去，兴奋而不安，是这房间里唯一的活物。而他讶异地看着大女儿瞪圆的眼睛，举起的板凳不知往哪里砸，便朝小辣椒掼去。摇啊，让你摇尾巴，明天就拿你剐了杀了吃。嗷嗷，它跳着躲开，后臀夹缩，将尾巴摇得更厉害了。你们还不如离婚算了，莎拉几乎崩溃，我不想要你这样的爸爸。他一怔，"好，那你以后书也不要读了，跟着你妈要饭去我都不会管。不是老子累死累活，你们有这么轻松啊！不要老子！好，不要就不要，老子也不要你们。"他一边说着，一边冲下楼，"烧光这个家，反正什么都是我的，我什么都不会给你们留，烧掉，全烧掉。"他首先拿到的是莎拉的书包，他看一眼她，只见她神情冷漠，毫无所畏。打火机点了很久都烧不着，他把里面的书全倒出来，扔进院子里，把她的自行车扔在书堆上，把床上的被子扔上去。火一时烧了起来。妈妈把她自己扔了上去，抢下书本。"畜生啊，不管我的死活，连细伢子（小孩子）也不管呐……"萨拉想不到还有什么留下的理由，她只想离开这里，此生都不再回来。因此她冲出了门，却被男人连拉带拽地拉住了。"我走，"他仓皇撂下一句话，"明天就去离婚，从此以后恩断义绝。"铁门砰一声在夜空划响，尖锐如一根粉笔在黑板上发出的那声嘶啦。

一直到深夜，他都没有回来。妈妈推醒朱诺，"我怕你爸会做什么傻事，你跟我一起去看看。"然后她们就一起出门找他，瞒着萨拉。她们俩沿着河堤来来回回走，翻过河堤的护栏去沙滩上。找了很久，才发现一个人影坐在鹅卵石堆上。他说，"你们一家人去过，还管我做什么，我都不是你小孩的爸爸了。"可是他说这个话的时候肩膀抖动得很厉害，他在哭。他知道自己搞砸了，拥有的一切都在这个夜晚失去了。可他没有办法，他就是这样的啊，有些事真的不是自己能够掌控的。后来，这种糟糕的感觉很完整地被朱诺继承了下来，她每次暴饮暴食过后都会深陷于这种无力感，麦斯乌比环一样周而复始地破坏她已经千疮百孔的生活。

离家里的大队人马抵沪只剩下两天，多么令人恐慌。这几天，她时常觉得自己到了崩溃的边缘。食物摄入的控制在压抑中滑向了绝望的深渊，工作上的事没有任何进展。末日在延宕的时刻伺机而动。

这是一个中班，从中午一点到晚上九点。法国老人那个案子派给她继续跟下去，就她快速浏览同事的记录来看，皮埃尔先生今年82岁，在六朝古城西安旅行的时候突发脑溢血，被当地的救护车紧急送往市医院，目前在 ICU 留观。上一个同事给她留的任务是再打电话给导游，看一看皮埃尔的情况是否乐观，最好能从当地医生那儿拿到一份详细的检查报告转给巴黎。

她很快进入了工作状态，"星球救援，你好。"

"你好。"

"请问是导游奥黛丽吗？我是朱诺，我们想了解一下皮埃尔先生目前的情况，方便的话，您能不能从医生那里拿到他各项检查的报告单，以及病情诊断书。"

"我是奥黛丽。这里的医生不说英文，我听不懂他们的意思。而且我现在马上要去机场，旅行团必须……"她的英文不太好，磕磕巴巴的。朱诺抓住一句话，问道：

"那皮埃尔就自己一个人了吗？"

"是的，但请你们不要让他觉得孤单，恳求你们了。"

"我们会尽自己一切努力。他现在能说话吗，会说英语吗？"

"不，我不知道。他住进了 ICU，非医务人员不可以进去的。对不起帮不上忙，但一定不要让他孤单。"

她又说了一遍，不要让他孤单。

朱诺被一种说不出的情绪笼罩了，她肯定的回复，"放心，我们不会让他独自面对这一切的。"

放下电话，怎么办才好呢，只有先找一位代理去西安看看什么情况了，详细的医疗报告要拿到啊。还要让皮埃尔知道我们的介入，这样孤独感、无助感会减少一些吧。她忽然意识到一个被忽略已久的问题，人的感受是重要的，重要到无可比拟，可这世界还有人是这样想的啊。真神奇。

正烦恼西北区的代理无法安排工作，莫妮卡忽然和她说话，"朱诺啊，你知不知道罗伯特死了？"

"谁？"

"强烈要求转院的那位。"

她张大了嘴，"在广州的？"

"嗯。心肌梗死，死得很突然。"

"天啊。他才 29 岁。"

她总以为死亡的降临是有一定标准的，譬如年纪，就像爷爷。他死的那年，朱诺才 5 岁。最早的记忆就是和爷爷有关的，不过她们那儿不叫爷爷，叫爹爹。朱诺和爹爹在一起玩得很好。她 4 岁时，他 64，大了一个甲子。但其实没有多少区别，他得了老年痴呆，肺又不好，像小朱诺一样受到诸多管束，很多吃喝上的享乐都是不允许的，因此他总悄悄央朱诺给他偷烟。甚至到后来他脑子不好用，记不住几个人了，也能从满堂的儿孙中认出她，阿诗玛，阿诗玛。整个星河镇街知巷闻，烟的名字还可以是老朱家小孙女的外号。朱诺至今记得他下葬的第二天，表伯家里的堂姐姐来家里吃酒席时说，昨天夜里听到很大的风声，房门吱吱作响，一定是大爷来过了。她的弟弟连连称是，点头如捣药，一股打过针很勇敢的神气。朱诺不明白，他为什么不来找自己的亲孙女？尽管没作表示，但她暗暗嫉妒堂姐姐。她听到了自己没有听到的世界，昨夜里她一觉安稳到天明，连梦也不曾有。为了弥补这种缺憾，朱诺开始暗暗培养这种敏锐，想象他在水塔边上，在屋顶，在河堤，在抽烟，他的鬼魂无处不在。会在心里和这个鬼说吃过的午饭，奶奶的佛案，姐姐又欺负我了，真想爸爸妈妈啊，甚至她偷过一支烟放在院门口的巨石下，那是约定好的藏物地点……比起他没死的时候，朱诺觉得和他更亲了。尽管在后来的日子里，爹爹不断地被其他东西代替，但它们也都像他的身体一样被迟到的炉火焚烧，一片指甲一片指甲地，一根骨头一根骨头地，一道灰烬一道灰烬地再次被遗弃在泛着银光的水波之上。孤独在里面滋长，长成一条不知道方向的河流。

　　不出意外，她会成长为一个快乐而糊涂的傻大姐，多亏这项才能，在爸爸开店的那一条街，几乎所有商贩都很喜欢她，就连不少他结识的生意伙伴都说要领她回家做女儿。他们是说真的。反正爸爸的女儿有多。就连老家的河对岸都有朱诺的另一个亲姐姐。她在爹爹的葬礼上第一次见到她，妈妈拉住她的手让她喊姐姐。喊了还是没喊，忘了。只是在后来的很多时候，朱诺都希望自己是她，不是她自己。寄居在别的家庭，情感和血缘搭建的陋室没有过欢笑没有过破碎，家徒四壁，一贫如洗，可以放心拂袖离去。听说这位刚满月就被一对夫妇抱养，他们有一个儿子，没有女儿。于是涉水而来将她抱走，终成一个好字。听说爸爸那时候还红了眼睛，哼，他哪怕只是嫉妒也好啊，暗暗怨他的婆娘肚子不争气。但不是，凭她认识他二十多年，必须要说他其实很舍不得，很舍不得。然而怨婆娘总归还是要怨，只不过一切尚未成定局，不可明目张胆。他还是决定重归于好，一起叩皇天后土，扛起锄头，犁田，耕种。等到下一年的梅雨落满池塘，朱诺就从娘胎里冒出了尖，血淋淋的一团肉球不偏不倚少了那么一撮。茶几上的一只搪瓷杯被失望掼向了地面，一道裂痕从大双喜的红纹里长出新芽。几千年的期盼落空。怨怼就像脚下的一双鞋落了地，一家老小终于可以安心地在温床之上做无情的梦。

深夜躺在自己的床上，她回顾过去的这一天。

工作上没有任何进展。

明天晚上的这个时间点父皇母后就要驾到了。

十一长假期间还有两个晚班要上，和同事调休的计划泡汤了。

瞒不过了。

爸妈看到她现在的样子一定会失望的。然后小心翼翼忍下谩骂，吐出满怀善意的讥讽。

她怕。恐惧似乎成长为她身体里的另一个活的生命。一颗猴面包树盘踞在心并把根茎向外伸出一片森林——肌肤下的绿色汁液绕着血管盘根错节。它将如《小王子》所书，一旦扎根便永不停止生长，直到把地表撑破，炸裂。更糟的是，恐惧还带来一系列的随赠品，自哀，封闭和可鄙的自傲。

在更小的时候，恐惧还仅仅是天黑。也许还有阴影，手指月亮之后担心耳朵被吃掉，以及电视里的美人妖怪。在1993年版《新白娘子传奇》重播的一个晚上，朱诺和爸爸妈妈坐在床上看着电视，不知怎么他和她吵起嘴来。趁着女人去外间倒水喝的工夫，他指着电视里喝下雄黄酒在金黄被褥里翻出一条蛇尾的白娘子，悄悄地说，"你妈妈也是蛇，专吃小孩的蛇。"恰巧她端着杯子走进来，他赶紧说，"哦哟哟，妈妈喝过酒之后就会变身了。"她吓坏了，一个劲地往爸爸身后缩，整个晚上都不要妈妈碰，避犹不及。白日就全忘了这桩事，真像软弱无能的混蛋许仙啊。前几年和妈妈聊起这个事，她当然还记得，说当时真是伤心死了，晚上睡都睡不着咬着被子哭。肚子里血肉养了九个月出来的孩子，竟然怕自己怕得发抖。"还不是你们大人喜欢逗小孩，我那时候小不懂事嘛。"她摇头，"不，你从小就跟你爸是一派的，他说什么你都傻乎乎地信。"

她那时候是这样的，任何人说任何话都轻易地相信了，特别是他。在孩子眼中，父亲就是开天辟地的神，无所不能，而自己就是神的小公主。这种傻乎乎的性格使她曾经因为吞下一粒西瓜子而担忧了好几个月，怕肚挤眼里长出瓜藤，有时身体觉得痒，就想是不是它在里面发芽了，枝蔓乱伸，生了虫，总忍不住翻出衣襟瞧一瞧。还有一次误吃下一块口香糖而几小时躺在沙发上一动不动，大人叫去吃绿豆汤也能忍住肚中的馋虫，生怕碰撞会使肠子粘连在一起。全是这样的小事。

而这些看似不值得烦恼的事就像一个个暗礁，遥遥相对，在水底下却紧密地连成一片。这是她的生活。包括现在，她想要躲起来大口大口吃最油腻的东西，把寒冷的胃袋塞得满满当当的，会舒服一点吧。以一种暴行代替另一种暴行的舒服，是从什么时候开始的呢？也许从姐姐独自去寒冷的远方开始的。莎拉不在家里，他吵起来更加肆无忌惮。一个人怎么能有这样多的怒火？总是在争吵，所有能发出破碎响动的东西都被甩在了地上。空气中弥漫着酒精的气味。他竟然一脚把前厅的门踹倒在地上，轰隆一声，门毫无预警地倒下。她在自己的房间写着作业，眼皮也没抬。好久才想起那个方向正对着狗窝。冲出去的时候，一只杯子砸到她打开的房门上，碎片四溅。视线里的妈妈惊恐地望着她，歇斯底里地大吼，猛揪自己的头发。有些事当时没有发生，可它也是避不掉的，在更远一些的路上等着了。是这样吗？

那时候她常常想要发疯。但在家的屋子里，对她而言，只有食物成了唯一合理化的暴行，宣泄愤怒的唯一一根救命稻草。她拼命地吃，又在其后很长的一段时间里什么也不吃。反反复复。有时候会想，我过的甚至不是自己的生活，我为生命所做的挣扎也不过是重复。这多么糟糕。我痛恨他那样喝酒，到最后我也一样，连存在的方式都借由重复而存在。荒谬的是，他很可能也只是复制了另一位至亲的生活。传承真是一种恶毒的诅咒。

人们常说一个人拥有的只有现在，借此鼓励人抛下过去的负担和对未来的无谓幻想，感受力专注于当下。然而一个旅行者是很容易从人群中看出来的，他总以为到了新的地方可以做一个新的人，但你不要看他的脸，去看他的身体，一定诚实地拖着旧日生活的斜长阴影。在她看来，"现在"这个时刻是指从过去到今时这一段时间，人是没有办法长时间摆脱自己的影子的。她从中部来到东部，远离一切熟悉的人和事想重新开始，可这有什么用。一切都未曾改变。她就是，还是这样的人啊。

真高兴的一天啊。她终于成功地四方通话，让皮埃尔老先生和家人联系上了。在听到法国同事连通家属，爷爷和孙子说起话就像唱一首《蝴蝶》的瞬间，她有一种世界之王的感觉，哪里都洋溢着一种满满的喜悦，好的，健康的，属于阳光的。

下了班钻进便利店吃关东煮填填肚子。很好的开始，五分饱便停下了伸向纸杯的竹签。那曾经被她称之为屠刀的东西。时间都去哪儿了，还没好好感受年纪就老了，生儿养女一辈子，满脑子都是孩子哭了笑了……她从包里翻出手机："喂，妈？"

"老子都到了，你还不来接你阿婆啊？"是爸爸的声音。他从来就不会给姐姐打电话，提都不能提。会伤心。

"我刚下班，马上就过去。"

"你不可以请假啊，没良心，老子养你到这么大，一点都不作兴我了嚯。"他高兴地调侃。

可这叫朱诺难受，"我现在正赶过去。"

"算了算了，也就是说得好听，还不是躲。等你过来都要过年了，地址是哪里，我们自己打车过去。"

噢，她低声说完地址。离他们到家还有一个小时，这之前她还得去趟超市。家里的冰箱叫她吃空了，毋宁说，从来就不敢买满。一大家子人来了，总不能家徒四壁地招待——又要招他骂。随着巨量的采购清单在心中一一列出，她的惊恐再一次随着月亮一同从江雾中升起，锋利似镰刀一样收割了她今日唯一的丰收，工作上的小小突破。

她可能做了一个错误的决定。现在想来，售货员投向她的目光从一开始就奇奇怪怪，好像她偷了什么东西，或者要去偷什么东西。真是荒谬。顾客就是上帝，她们难道不知道吗？竟敢这样怀疑她，就像她的父亲。"你啊，还不是碰到运气好。要不然，你做得成什么事啊。"天啊，为什么那双眼睛这样看她，她看过去那人就移开视线的方向，就像捂住耳朵不听人解释一样。和那人说过话后，朝朱诺走过来的货架大哥又是准备干什么，拘留么，搜身么，还是扭送派出所？哈哈，那就是说，这一群笨蛋终于发现最近连续地少一块巧克力，它们也算死得不冤了么？笑得太用力了，她早上胡乱拼凑的那颗心咯噔一声眼看又裂开了，咕咚咕咚。货架大哥的体型过于庞大，笨重，每一步都将地面震动个不停。站都站不稳。她的大脑飞速运转，要说些什么好。

——这一切都是误会。您听我解释。

——对不起，我想你认错人了吧？非法拘留我是可以告你的，再问也是没偷。没做过的事情就是没做过。

——对，全是我干的。一群笨蛋。亏你们现在才发现，闭路电视是干吗用的？

朱诺的脸色发白，大热天的竟出了一身冷汗。汗出如浆。他错身而过。那一刻她竟是失望的，怎么不来捉我呢？来呀，我的包里可是装着一袋偷来的桂花糕呀，来呀，问问我。我一定什么都讲出来。把我关起来好了，连同里面那个魔鬼，要吃人，吃下很多很多人的魔鬼。她这样希望着，但货架男人始终面容冷淡，他对她笑，露出八颗牙齿在笑。真是残暴。她长得这样乖，没有人会把偷窃一类的事和她想在一起。可她也胆小，怕事，暴露在阳光下时就像一只扔到老猫脚下的幼鼠，呆若木鸡，身体光顾上和紧张战斗。

时间都去哪儿了，还没好好看看你眼睛就花了，柴米油盐半辈子，转眼就剩下满眼的皱纹啊……手机往外逃，在包里惊惊乍乍地跳。她伸手去掏，仔细不掏出那非法占有，未及销赃的存在。采集了八月开满枝头的桂花、雨露、阳光的絮语和田间的麦谷制成，连日来总在梦里出现呢。

"喂，到楼下了？你在哪儿？"

"对面的超市里啊，就出来了。你们好快啊。"

"哎，我说你怎么不在小区门口候着呢？从头到尾都看不到你人影，一大家子晾在这，不懂事。"他又开始数落了，明明是爱，明明是兴奋，一定要这样折磨她吗？

她着急去排队，任电话里流水似的说她如何不懂这个，不懂那个，以后在社会上还怎么混呐。似乎除了这个，他什么都不会说了。付过钱，她推着推车急切切地往外走，滴，滴，滴……一阵急促的鸣叫催着她。身穿坎肩制服的工作人员走上前来，先示意她往一旁的角落里走。请打开包，他的一双眼睛流露出过期的怀疑。

电话里爸爸乱叫，"又怎么了啊？"她挂了电话。知道这一切完了，一切都完了。

莎拉呢，她在哪儿？为什么大家都不找她呢。他们都找不到她。真相是她活在了妹妹的想象中。实体永远留在了那个聒噪的夏日，梦境重复上演的源头，姐姐趁无人在家时，背了书包离家出走，她一路向南走，有许多的计划……却不知从哪里冲出了一辆发疯的大卡车。一些事，它等在那里，来不及似的发生。

这样啊，那朱诺未免太孤独了。

虞理惠

2041

　　我躲在几个喜形于色的姑娘身后，挑了个顶不显眼的位子坐下来。由于穿着不合身的舞裙，我控制不住在座椅上扭动了几下，不经意间踢到了脚边的花盆。

　　"诶哟，当心点啊。你把我的土都拨出去了。"一个细细的声音道。

　　"噢，实在不好意思。"我注意到脚下一行细细的土，真诚地向它道歉，"我这就把你放好。"

　　它看上去还是很不高兴，将花萼对着我。算是为了讨好它，我明知故问道："你叫什么名字？"

　　"吧啦吧啦哩噜花。"

　　我瞪大了眼睛："没有这种花，你明明叫玫瑰。"

　　"那是你们人给我起的名字，我不喜欢。"它又问，"你呢，你又叫什么名字？"

　　"白河，"我说，"白色的白，河水的河。"

"哦，和白岩正一个姓。"

"你认识他？"我有些吃惊，作为一朵花，特别是一朵小小年纪的花，一个含苞待放的花骨朵，它懂得也太多了。

它用一种对待乡巴佬的语气对我说："当然了，你们办的这个舞会就是为了庆祝他以往所作的贡献吧。"

"你倒说说看是什么贡献？"我笑了。

如我所料，它把身子向后一缩，像是被我难倒了。这时，开在它下面的另一朵盛开的玫瑰，用稍显成熟的声音说道："二十年前，在最终成功废除死刑这件事上，白岩正先生做出了巨大的努力，他的思想教育是我国刑法史上一个重要的变革……"

"对对对，还是阿姐知道的多。"

被称作阿姐的人对我说："其实我们正是从白岩正先生家的玫瑰园里被搬来的，只是我妹妹它在来的路上才刚刚有了花苞，所以不知道。"

我说："如果真是这样，我应该认识你们的爷爷奶奶。我18岁之前也住在那里。"

吧啦吧啦哩噜花一下子发出尖叫："我去啊！原来你是白岩正的女儿啊，失敬失敬！"

"可是，"阿姐说，"我听说白岩正先生有双胞胎一男一女，怎么没见你弟弟？"

"我也有好久不见他了，怪想的。"我很惋惜地说。

"那我什么时候可以见到他？"吧啦吧啦哩噜花探出脑袋。

"估计得两三个月吧。"

"可那时我大概就死了吧。"它叹气。

"是啊。"我苦笑着说。

　　我家的那些玫瑰，都是生在阴历四月中，死在六月底。今年天气暖得尤其快，四月初就开花了一部分。但无论如何，玫瑰一年只开一次。这样算来，就算是那对姐妹花的祖父母和曾祖父母，也没有在活着的时候见过我弟弟的模样了。

　　我的弟弟白水，死于五年前。那时我们都15岁。他忙着中考和看他的法律书，我忙着四处疯玩，探寻爸爸的秘密。谁也没有料到那晚上小偷会来光顾我们家，回去时，他带走了保险柜里的钱和弟弟的命。

　　15岁，一般的小孩子都会在差不多这个年龄失去他们家的第一个老人。那真是一道心酸的坎，然而总会过去。然而弟弟的死亡，五年来，在我欢笑时它在那，悲伤时亦在那，甚至在我无意识的睡眠中，都感到了另一份不属于我的呼吸。

　　现在有时我会想，作为双胞胎，我们曾共用一个子宫，一对父母，一个卧室。也许我们也共用着一条命，我们的灵魂本就水乳交融。恍恍惚惚地，我在图书馆里搜寻着那些以前我避之不及的法律文献，痴痴地望着我弟弟有可能会喜欢的女孩。可是，如果弟弟的一部分意识真的神秘地渗入了我的脑袋里，那么难道没有原属于我的一部分思想，也随着他的死被拖入坟墓吗?

我问吧啦吧啦哩噜花："你的名字太长了，我能不能叫你其他名字？"

它认真地考虑了一会儿，说："行，你叫我小吧就好。但是作为交换，我能不能听听你们家的事？"

话音刚落，整个礼堂灯光骤灭，我听到所有人深吸一口气的声音。面对黑暗我们永远猝不及防。幕布拉开的时候，我问小吧："你为什么想知道我们家的事呢？"我不知道自己为什么突然减弱了声音。

它还是那样肆无忌惮："什么叫为什么？做什么事后面才会有一个为什么，我'想'知道，这是一个想法，本来就是最原始的理由了。"

银幕上，一个人在会堂里端端正正地站起身，那姿态有些让人肃然起敬。他是我爸爸。我是很勉为其难这样说的，因为演我爸爸的那个人，只是有点像我爸爸而已。虽然他的模样和我爸爸几乎一模一样，可是他未免也显得太过自信，太坚定不移了。可能所有人以为，或者希望伟人们都是这样的。

就像电影里面说的那样，二十年前，更具体地说，是2041年的4月1日，我的父亲白岩正终于迎来了他人生中的曙光。这初春中的一天，天亮得尤其快。我爸爸穿上前一天熨好的西装，脚上的牛皮鞋擦得锃光瓦亮，旋转黄铜色的门把手从家里走了出去。他的背还是有点驼，可是由于他喜形于色的脸，这点缺陷在今日算不上什么了。街上的人发现他，对他满怀敬意地打招呼。这事因为是头一遭，所以对他来说意义非凡，以往人们只用惋惜的眼光看他，觉得他是个不被受用的天才，或者视他的才华为异端，从不正视他。

可是现在，由于他和一些人权人士，一些拥有先进思想和宽宏大量，同时家财万贯的人的抗争，废除死刑的法案将在今日被宣布正式生效。这就意味着，他的那些关于人脑和声波的论文就要开始起用了。他会成为第一个受到国家正式聘用的思想教师，会有无数曾经的死刑犯经由他的手来进行改造，变成善良和无害的人。

那天傍晚，在全市最大的会堂里，爸爸拿到了一份用金色镶边的聘书。烟花从不久前新盖的会堂门口一直蔓延到外白渡桥上，在天空迸发出红色和绿色的火光，壮观程度甚至是当年元旦的两倍。喧闹声震耳欲聋，人们装模作样地戴上法学士的帽子，高唱着自由和人权之歌，推推搡搡地从爸爸身边经过。爸爸看着桥下的那条河，水正源源不断地向他涌来，发出汨汨的流动声，像是千万个人在鼓掌。再也没有比这声音更悦耳的了，他想。水也愿意与他亲近，这真是一个令人欢欣鼓舞的隐喻。

"你爸爸看上去是一个很想有人认可他的人。"小吧很聪明地对我说，"我比较想知道电影里面没有出现过的事。"

我眨眨眼："别忙，后面就是了。"

那天回到家中，爸爸又喝了些酒。也像所有酒后胡言乱

语的一样，他开始喋喋不休起来，说些毫无关系的事，说到
这几年被重新证明为科学的占星术，说到整块被海水覆盖的
大洋洲。

人类还是像过去三十年那样生活。那么多物种的灭亡和
陆地的消失，好像已经使得懒洋洋的人们都接受世界末日就
该是这一世的事。人变得仁慈，而这种仁慈正是从无力感中
产生的。

爸爸起初和所有人一样，遵循着刻板的教育制度，走着
从小学到大学的老路。他对妈妈说起那时他有个大学同学，
叫黑诀。这个名字有点像个武林中人对不对？爸爸给出一点
时间让妈妈微笑点头，然后他才继续说下去。那时他们都是
法学院的学生，同时又都对医学感兴趣，关系好得不得了，
起码是表面上好得不得了。因为他们常常看上同一样东西，
所以爸爸他会要些不让对方知道的小计谋，这时他看向妈妈，
但没告诉她其实她也是他们争夺的其中一样。黑诀很笨，他
什么都看不出，所以每次受益者都是爸爸。他说，但后来他
们终于分道扬镳了。因为黑诀还是想做法官，可是爸爸呢，
他别出心裁地创造出了思想教师这个跨时代的职业。可是有
好长一会儿，风水就是转向了黑诀，在爸爸最不受人理解的
时候，黑诀在某个地方当着他的法官，风生水起。他想不通，
因为他知道其实黑诀根本比不上他。可是现在，一切都好了，
死刑被废除了，思想教师终于有用武之地了，未来就要为他
正名了。

我对小吧说:"你一定要记得思想教育这个东西。"

"因为它废除死刑,改变了世界吗?"

虽然它说的是对的,但我想说的:"它改变了我。"

爸爸情绪很激动,一会儿哭一会儿笑,直到妈妈轻声说了一句话,他才瞬间清醒过来。

妈妈说:"哎呀,我羊水破了。"

所以我和弟弟就是在这一天出生的。2041 年的 4 月 1 日,很好记。

"所以今天正好是你的生日咯。"小吧说。

我点点头。

"那你过生日吗?"阿姐说,"我听说小孩子年年都会过生日,等长大了就不会了。"看上去她是不太确定 20 岁到底算不算一个已经长大的年龄。

"我么?反正每年的 4 月 1 号都会有人为了庆祝废除死刑而载歌载舞一番,如果我心情好,就把它看成是为我跳的。如果那天我心情不好,不想过生日,就不理睬它。"

"天哪,怎么会有人不想过生日?"小吧表示不能理解。

"有的哦,"我说,"我弟弟从小就不爱过生日。"

"为什么?"

"因为他很小的时候,就已经非常成熟了,就已经长大了。"

我端着蛋糕进了卧室。上面插着数字 7 形状的彩色蜡烛。

弟弟抬头看了我一眼说："你当心一点，不要把蜡油滴在我书上。"我问："你在看什么书？"

"拿破仑法典。"他说。

我说："我不喜欢拿破仑。"

他说："有的人很喜欢。"

我装作很懂的样子说："那种蛋糕外面的酥皮常常掉出来，搞得满地都是，还是普通的奶油蛋糕比较好。"

弟弟对着我哈哈笑。正说着，这个时候我听到爸爸的声音从门后传过来。他的声音不大，可是很奇特，一般人不会有。他说："给我一杯咖啡。"我明明知道他是在对妈妈说，还是飞奔着跑出去，但是太迟了，一直都太迟了。妈妈拿着空着的咖啡壶和我擦肩而过，我被堵在爸爸工作室的门外面。

那扇门看上去比一般的门都要高，而且坚固，刷上绿色的漆，有些向我倾倒的架势。像小说插画里的地狱之门或是天堂之门。每次看见这扇门，我总是害怕。小时候做梦，常常梦见它，一直惴惴不安地等待着从那门后伸出什么东西来，然而它出现的时间还没有到，也不知道何时才能到，我的两条腿被穿堂风吹得瑟瑟发抖，发觉等待危险才是比危险更瘆人的东西。然而，为了向我弟弟展示我所见到的奇观，我只好等在那里。

从早上九点开始，警车每隔一个小时押送一个人到爸爸的工作室来。我无从知晓他们一个个具体犯了什么罪，只知道在2041年以前，他们会是死刑犯。而我对人最初的了解，都是从那些死刑犯开始的。

那些人在我看来是没有什么共同特征可言的，男男女女，高矮胖瘦，有的人虎背熊腰，有的人弱不禁风，有的人凶狠，有的人风度翩翩，有的人则带着神经质的惶恐。他们的眉宇中也未曾带有一些能够被察觉到的邪恶。长大之后我明白，那即是说，普通人与罪人之间，并没有什么巨大的鸿沟，一个烧掉整栋学校的纵火犯可能昨天才因为救死扶伤而获得一面锦旗。看上去再简单的人，也有可能在一瞬之间举起屠刀。

有一次，两个警察押送了一个美人来。虽略显疲态，但真正是倾国倾城，我那时年龄很小，怔怔地注视着她，被她那走路的姿态所迷倒而说不出话来。她弯下腰，仪态万千，仿佛是为了好玩似的问我："小女孩，你猜我犯了什么罪？"我盯着她有意无意露出来的红色肩带，"杀人罪"三个字竟不自觉地脱口而出。

她不屑地哈哈大笑，仍是光芒万丈的美丽。"你一定是只知道杀人罪对不对？小女孩，我告诉你，这个世界上比杀人罪更邪恶的事还有很多很多呢。"

我那时很是坚定地摇头："不是的，没有比杀人更罪恶的事了。"

我斜眼瞄向那个美人儿，她似乎还有一肚子的话可以用来把我驳倒，但当她试图再次俯身向我的时候，随着咔嗒一声响，绿色的大门被从里面打开了。于是美人收敛了一些她的眼神，拢拢衣服，走了进去。那时我才发现，在她朴素的囚服之下，是一双红色的高跟鞋。

我打了个激灵，猜测到底谁会赢呢。是那个自信满满的美人，还是爸爸？我把耳朵贴在门上面，凝神地捕捉，以至于妈妈在楼下厨房里剁肉，弟弟搬动他书架的声音，都听得一清二楚。可是其中却没有爸爸的声音，也没有美人的笑吟吟。

爸爸以前从来没有输过，所有人从绿色大门后走出来的时候，无一不是被他治得服服帖帖的。多少人曾在走出大门之后痛哭流涕啊，多少人曾跪倒在走廊上啊。可是，那个看上去风情万种的美人也会吗？我曾见过有些女孩儿也美，可那漂亮看上去是平庸的。然而刚才的美人儿，我却说不清是从哪里来的笃定，觉得她不会没有一份智慧好与她的艳丽相配。也许，犯罪，再被送到这里，都在她的计划之中。

那焦急又孤单的一小时，我想到两匹马在草原上飞奔然后相撞，想到两个角斗士用武器和眼神对峙，也想到两个围棋高手任黑白子纵横。我尽可能地想象绿色大门之后是什么样的，完全有可能是另一个世界。我埋怨弟弟为什么不来和我分享这一刻，而要去看什么狗屁拿破仑，也怪妈妈没有在那绿色大门之后，也许爸爸的心已经被那美人儿给勾跑了……

门就是在这个时候打开的。我像是听到警哨的狗从地上弹了起来，盯着前方发生的一切。

很久以后我回想起那一天，只觉得发生得太仓促了，也太安静了。

爸爸从里面打开了门，他将门开到一个正好的弧度，阳光在地板上洒成一个扇形。然而房间里的一切，都被保留得很好，没有被我的眼睛搜索到一丝线索。美人给了我一个眼神，就像给我一块饼干、一块巧克力那样，把那样的眼神端端正正地放在我手里。要说的话，那眼神毫无什么可以取得的东西，好像没有波纹的湖，没有花的草地。

我恍然大悟，那是没有欲望的眼神。原来藏在目光下的刀子，已经被爸爸拔出来收走了。是她的心被爸爸勾跑了，我却想反了。

"她变坏了。"我喃喃自语。爸爸把手放在我的头上说："是变好了哟。她变得普通，善良，不会去害人，可以过得幸福了。"

爸爸没明白，我那时的意思并不是她变成了坏人，而是说她被打坏了，被摧毁了，变得全身上下都是裂缝。可是爸爸的话制止了我的想法；我从小就知道，他是思想教师，我赢不了他。

许多童年时候的事，在长大以后才被意识到它的意义重大。那时我选择躲开，或是推到将来再去承受它的影响，因而很快振作起来，朝着卧室，朝着我弟弟的方向跑去了。

我得给他表演。

以往无数次，我都乐于向我弟弟展示那些罪犯来时是多么盛气逼人，当他们离开时，又如何像被减去尾巴的狗，趴在地上奄奄一息。我们始终不知道那扇绿色大门之后到底有什么神秘的宝物，可以使得变化如此迅疾地发生。在一切还没有发生的童年里，我是女演员，他是拿着花束的忠实观众。今天的戏讲的是一个傲人的美人，最后她的灵魂被绿色大门后的妖精吸走的故事。

虽然这说不通，因为照理来说玫瑰花是没有眼睛的。但是阿姐似乎是眼睛发亮地对我说："我知道那个人，我听说过她的名字，杜飞河对不对。我在玫瑰园的时候，风里都传来了她的名字。"

我有些吃惊，原来时间过去了这么久，还有人，不，还有花能记得她。

"谁是杜飞河？"小吧问我。

"一个女魔头，"我说，"在西南一块创立了一个门派，拥有一大批门徒。"

"后来怎么样了？"小吧问。

"她差一点就要成功了，就差一点点。但后来她被抓了走，又遇到了爸爸。"我想起来，那之后，电视里一直播着杜飞河和白岩正的名字，爸爸由此名声大噪。"你看，电视老把他们的照片摆在一起，不知道的人还以为他们是夫妻呢。"弟弟不怀好意地对妈妈说，他是在为爸爸看不起他看的书而怀恨在心。

弟弟说以后要学法律，做法官。不知道是不是因为受到电视里那个眉间有月亮的包青天的影响。爸爸每次听到，都只是微笑。他微笑的时候，把眼睑垂下来遮住眼睛，好像很失望，我们都看得分明。爸爸在家中不能随意说话，一句随意的话从他嘴里不经意地飘出来，就有可能造成可怕的结果。所以我们都知道，他做出表情来，那就是他的态度，就是全部了。

"你爸爸是对的，"阿姐说，"法律就快要没有用武之地了，今后是思想教育的世界。"

"你真市侩，"小吧往下瞪着阿姐，"要我说，想做什么就做什么。"

"可是通常是不会有那么多选择的，就像你们作为一颗玫瑰种子，就算放到瓜棚里，喷着一样的养料，也不可能结出西瓜。对人来说，选择也不会比作为玫瑰多太多。"

小吧问："你的意思是说，你的弟弟就是一颗思想教师的种子吗？"

"在我爸爸眼里，他就是了。"

"那他后来成为思想教师了吗？"

"没有。"我说。为此弟弟付出了巨大的代价。

我的裤袋里传来一阵和弦，我接起电话，妈妈慌慌张张的声音就这么冲进来："白河吗？白河啊……我们家的玫瑰都到哪里去了？怎么一下子都没了？"

我说："没事的没事的，妈，在我这呢。"

电话里面长叹一口气："你拿走干吗呀，快，让你弟弟赶紧给我送回来。今天晚上我要洗玫瑰浴。"

我没有开扬声器，但那两朵玫瑰还是一字一句清清楚楚地听见了。"这老八婆谁呀？"小吧不屑地说："拿我们的尸体洗澡，也不怕晚上梦到鬼。"

阿姐说："这是白岩正先生的妻子。"

小吧吓了一跳，忙改口："哎哟失敬失敬，原来是夫人。我等必当鞠躬尽瘁，死而后已。"

我笑着说："妈妈原先不是这样的。"只是弟弟死了以后，她就有点神神叨叨的，有时候像任性的小女孩一样。

杜飞河在我们的生活中渐渐淡去之后的某天，我和弟弟在卧室里睡午觉，手搁在对方的肚皮上。我睡得浅，听到楼下有响动，就想拉着弟弟一起下去看。"我不去。"弟弟睡眼惺忪地，任我软磨硬泡也不起身，他一直对爸爸的事缺乏兴趣。

我悻悻地独自走下楼，本以为绿色大门前又来了人，却在客厅中的皮沙发上发现了爸爸。他被几个搬弄着巨大摄像头的人围拢着，有一个短发的女人手拿着话筒坐在他对面。是记者啊！我被这架势吓到了，悄悄躲在墙边听他说话。

爸爸正在缓缓地回答女记者的问题，使用他那独特的声音。他并不是天生就拥有这种奇迹般的嗓音，并不是天生说话就有那么强的力量能使人轻易信服，而是为了成为思想教师，经过反复训练和调试才改造成功的。我听说，那需要把人的喉咙割开。可是，自从死刑被废除之后，越来越多的人开始意识到成为思想教师意味着更多的权力。

爸爸说，就我手中现有的资料显示，经受过思想教育的犯人，没有一个再出现哪怕一点点的犯罪倾向。他们彻底地改头换面了，成为无害的，幸福的人。

——我不觉得有顾虑到受害者复仇情绪的必要。说到底，人的这些负面情绪是需要自己掌控的，狭隘的报复绝不会带来什么好的东西。

——当然了，虽然这在七年前的大会上已经表达得很清楚了。但是我必须要再次重申，法律不应该有掌控人的生死的权利。

——建议吗？这我倒是有一个，我觉得现在进行的思想教育完全可以推广至全公民……是，就是那些没有犯错的人。如此一来，曾经受到伤害的人可以快速地泯灭仇恨，还可以降低第一次犯罪的几率。我们现在是等人犯了罪再去治病，不是太迟了吗？

——这是不可违逆的历史潮流。思想教师的存在，极大程度地促进了死刑废除的进程。而在判罪将会越来越轻的未来，思想教师这一职业将会更多地被社会所需要。

爸爸对着摄像机镜头伸出缠绕的手指说："就像双线缠绕并进。"

我抓着门板静静地听着，声音像海浪一样冲击我的大脑。我突然意识到，原来是这样的。你以为是他说的话让你信服，其实真正让你心悦诚服的是他具有魔力的声音。我站在爸爸后面，盯着他的后脑勺好一会儿才猛然发现，我一直记不太清爸爸的脸。

我不太喜欢这种时候，爸爸变得不神秘也不让人心向往之了，我还是喜欢扮演思想教师的爸爸。这时候我开始嫉妒弟弟，为什么爸爸选定他作为接班人呢？就因为他是男孩？还是因为他更成熟一些？

我也拥有成熟的时刻啊，那时弟弟对我说，你以后可以做演员。他说这话的时候，我正模仿着十分钟前从绿色大门后走出来的老太太，一开始我只是学着她走路重心不稳的样子，逗着弟弟咯咯笑。但后来，不知不觉间我入戏了，于是一行清泪就这么从我眼角滑落出来。就在那一个瞬间，我恍然觉得自己已经老去，眼角长出了纵横的皱纹，经历了好多好多的事，曾经得到过爱然后又失去。可是下一秒，我醒过来，鞠躬谢幕，脸上展现的笑容还是属于一个七八岁左右小女孩的笑。

小吧显得有些不耐烦，她总是在我叙述的时候插话问我，这个时候你们已经种玫瑰了吗？那个时候呢？玫瑰有了吗？

我不大好意思告诉它，其实我已经记不太清了。我那时一心只想着思想教师，蠢蠢欲动着想去绿色大门之后爸爸的工作室一窥究竟。至于玫瑰，也许它们早就被种在院子里，到了四月份开上一两朵，很是荒芜。直到有一次妈妈的生日，家里请了一个园丁，那些野玫瑰才渐渐被照料出美妙的姿态来。而我之所以能记得正是那天请了园丁，也是因为那天的生日过得实在太不愉快，让我至今难以忘怀。

到了给妈妈礼物的那刻，弟弟失踪了。我们在卧室和洗手间找不到他，院子和楼上的天台也没有。照理来说，弟弟不是个会出去疯玩的人，他一向没有同年龄男孩的乐趣。爸爸怒不可遏，这在我看来有些可笑，因为爸爸缺席活动的日子多到数不清，才没有什么权利去发火呢。

后来我们在地下室的书库里找到了弟弟。我是在那个时候知道原来爸爸以前是学法的，他书架子上的书我一本都看不懂。弟弟跟我长着不一样的脑子吧，虽然我们是双胞胎，却泾渭分明。爸爸把大义凛然的弟弟揪出来，他显然不是在为妈妈生日的事在生气。

爸爸蹲下身子问："你觉得当个思想教师不好吗？"

好呀好呀。我的身体里有一万只麻雀在叽叽叫。可是弟弟一句话也不说，只紧紧捂着耳朵。爸爸说话很有魔力，他说什么，别人就相信那是真的了。思想教师就是这样的。我觉得这种力量，只要不放在坏的地方，就是好的。可是弟弟却说，一个凡人拥有这种篡改别人思想的力量，就是罪无可赦。这比杀人罪还要可恨。那个时候我突然想到，那日那个杜飞河对我说比杀人罪还要更严重的罪过，就是指思想教育吗？

爸爸再一次说起他的那个大学同学，黑诀。对于我和弟弟来说，他是一个素未谋面的人，一个模糊的轮廓，却充当了所有愚蠢、不幸的代言。"你知道他在哪里，在做什么吗，白水？"他对我弟弟说，每一个字都被鄙夷和愤怒塞满了。"我不知道。鬼才知道他在哪里。但是如果你以后想学法，也许你会在哪个小巷子遇到讨饭的他。到时候你们手拉着手，一起啊。"爸爸手舞足蹈了一阵，等他发泄够了，又放慢了语调，按住弟弟的肩膀道："我这个朋友，他总是选择最差的方法来完成所有的事，我甚至不用和他竞争，或者只要耍那么一点点的小心机，他就输了。白水，我不要你成为这样的人，不要被自以为是的正义感拖着跑，因为你明明很聪明，走我的路是最好的。"

时至今日，我穿着别扭的舞裙，躲在这个黑暗的礼堂里，费劲地想着爸爸那时说的一字一句。回忆有时候实在太难，那些印象深刻的事总是最先跳出来，以至于你无法完完整整地将事情从前到后完整地诉说。

一道光从座位后方的窗口射向荧幕，那个演技卓越却又什么也不懂的演员，他自信，坚定，又有风度。现在我确认他和我爸爸一点都不像了。难道必须要这样么？因为爸爸是个思想教师，是个开创者，所以他的言行就必须像个圣人？他就不能小肚鸡肠，不能刚愎自用？我真可怜爸爸，他的人生被篡改了，一个真实的、有血有肉会流泪会哭泣的白岩正，就好像从来没有在这个世界存在过。

那是有生以来第一次，在爸爸滔滔不绝地训斥弟弟的时候，我居然走神了。照理来说，爸爸说话的时候，不存在让我走神的可能。可是那一日，初春，客厅的窗大开着，玫瑰还一朵未开，然而我却闻到了些味道，也许那是属于玫瑰枝的气味，很是萧瑟。又觉得寒气逼人，像是什么人站在那里拔剑出鞘了。我皱起眉头。

结果玫瑰在四月开始就陆陆续续地开了花，比往年的都要密，都要盛大，院子里热热闹闹地很是温暖。我有些欣喜，再过不久，这一株一株的玫瑰就能完全遮住我的身体了。

当然，我本身对玫瑰并无兴趣，让我开心的另有其事，毕竟我对于那绿色大门后的一切已经好奇到无可忍耐的地步了。

爸爸一心想要推广他的思想教育，接待罪犯只到下午就结束了，他花大量的时间接受采访和宣扬他的主张。那天傍晚，绿色大门最后一次打开，里面的罪犯走出来，脸上一片狼藉。我望向他，他回给我一个混合着悲哀和退让的微笑，好像此时此刻，他才是是受害者，然而又因为他自身如此善良，所以他打算原谅所有的罪恶了。

尽管看了无数遍，我还是对这变化感到痴迷。哪怕只有一次，我也想亲身体验看看思想教育如何在我身上起作用。我会不会变成一个截然不同的人？但是如果我突然想到，经过思想教育的都会变成单纯无害的好人，如果真的我变得截然不同，那么我之前就是一个坏人了。可是，怎么样才算是一个坏人呢？是做过了坏事，还是心理有了恶的念头？

爸爸风尘仆仆地走了，我徘徊在楼下的玫瑰园里。那时我总是有太多问题，而又如此相信所有的答案都在绿色大门后。

我记得，每次绿色大门打开，都有阳光漏到走廊，一片弧形的阳光，我看得千真万确。我暗暗打算挑选个晚上从那窗里爬进去，然而在屋外兜了一圈，却找不到一扇窗。也许只是看不见罢了，这样想着，捡了脚边的几个石子往二楼扔去。一点点摸索着靠近，几十次钝重的敲击后，终于如愿以偿得到一个清脆的回响。

是窗！我笑逐颜开。它被漆成和周围的墙一样的红砖色，不过是欺骗想被欺骗的人而已。

我想丢掷更多的石块上去，想要确认那扇窗的位置是不是就在绿色大门之后。

然而在捡起石块弯腰起身的瞬间，一片人形的阴影急速在我前方的地面上掠过。我背后冷汗直冒，转过身后退几步，警觉性地看向来人。约摸三十岁，眉毛稀疏，有细长的眼睛，非常强壮。

他告诉我说，他是雇来的园丁。

我神情恍惚地点点头，大致记忆起是有这么一个人，是妈妈生日的时候新雇来的。因为他经常躺在远处的水泥地上，用帽子盖住脸睡觉，所以这还是我第一次近距离地观察他。

他不想再多与我攀谈，拿起地上的一把剪刀，随意地割下几片叶子，看上去杂乱无章，让人难以相信他是一个货真价实的园丁。我连走带跑地逃上楼，打开房间窗户，朝玫瑰园望去，那个园丁已不知去向。我更是一阵恶寒。

不知为何，我总隐隐有个不安的念头，觉得那个瞬间我在地上看到的那个阴影的形状，有点像是他要扼住我的喉咙。

那天晚上，我疑神疑鬼，惴惴不安，神经质地反复确认门窗都上了锁，半夜里醒来又觉得不妥，非要把窗帘也一起拉上，恨不得一丝缝隙也不留。白天的影像不断地跳帧回闪，我一遍一遍地试图确认，在折磨中一夜无眠，直到天光大亮。

我筋疲力尽地去敲弟弟的门，他一向说我神神叨叨，我琢磨着去讨个骂也许能缓过劲来。扭过门把手，竟发现弟弟正缩在被子里瑟瑟发抖。我以为是发烧，就探出手去触他的额头，谁知他惊慌地躺开，连人带被子挪动到床脚边，警戒地瞧着我。我看他全身汗湿，面色苍白，好像缓不过气，心下惊慌脑内一片空白不知做什么才好，好在不到半个小时，弟弟就自行缓过劲来。然而当我问他到底发生了什么事时，他却只字不提。

两朵玫瑰听到这里，紧紧依偎在一起，不言不语，它们也预感到大风就要来了。就是在这个时候，我前面几排的两个椅子撞在一起，过了一会儿，又撞了几下。那种暧昧和模糊的喘息就是在这个时候不怀好意地从前面传来。衣物接触的声音，还有其他什么，都很隐蔽。

我和阿姐不怀好意相视一笑："他们可真大胆，居然在这种地方。"

小吧凑过脑袋来问："什么什么？"

我像个大人一样，转过头说话："小孩子现在还是不要知道这些比较好。"

"我有些醉了。"阿姐说，原来我以为它只是想转移掉这个尴尬的话题，直到我注意到它的花瓣真的比之前盛开得更大，"室内的温度太高了。"

于是我说："是温暖促使你长得更快了。"

阿姐问："那么你们人呢？什么东西能使你们人一下子长大？"

"痛苦。"

"只有这一种方法吗？"

"我想是的。"

它有点懊恼地说："这样可真不好，我下辈子也不想做人了。"

人的大脑有时候令人捉摸不透，它那套隐秘的程序到底凭借什么来决定一个人的生命中什么会留在记忆中，而什么会被筛掉？童年时候，一些无关紧要，无所谓存在或不存在的小事，常常在某个瞬间，像小偷不小心打开了房间的按钮一样让人惊慌失措。

你看，现在又来了。

那个我弟弟瑟瑟发抖、面色发白、冷汗直冒的清晨。我没有叫我的爸爸，我的妈妈，没有告诉任何一个人弟弟的怪异。我之前说，我是脑内一片空白。

我是这样以为的。

直到有一天，我坐在电影院里，在灯光骤灭而电影又未开始的几秒钟时间里，那个遥远的清晨又一下子闪现在我的脑海里。

是不是真的就是这样？

在上课快要迟到的早上，我蹬着自行车。那个清晨来了，它问我，是不是这样？

在我翻过一页书，前一行的文字刚刚过去而新的内容还未出现的时刻。那个清晨也来了，它问我，是不是这样？

在我跳进游泳池，头被消毒水淹没的一瞬。那个清晨依旧出现，它问我，是不是因为你那时的记忆无人知晓，所以你才随意篡改？

怎么样才算是一个坏人呢？是做过了坏事，还是心理有了恶的念头？

我爱我的弟弟。如果可以，我希望他长命百岁。这是真的。

可是我实在是太孤独了。

为什么，只有我一个人，对着爸爸所做的事如此好奇？为什么没有人可以陪陪我？为什么那扇绿色大门总是对我紧闭？为什么妈妈从来只是问我饿不饿，而不在乎我的其他事情？为什么爸爸那么忙？为什么我们不能一起手牵着手去公园？为什么愿意和我讲话的都只能是罪犯？

好吧，爸爸妈妈，他们是大人，他们没有办法改变了，没救了。所以我乖乖地，听话地放弃他们。可是我的弟弟，你和我同一天生下来，你怎么能从小到大都是一副可恶的大人的样子？你怎么就不可以陪陪我坐在绿色大门前，陪着我看看爸爸受采访的那些时候？你在看什么书？我为什么都看不懂。

我一个人蹲坐在走廊上等待，一个人在走廊上奔跑，耳边灌进萧瑟的风，世界在旋转。我好像对思想教育的事兴致盎然，可是事实上我又在追寻什么呢。

我想，疯狂地祈求，要是我的弟弟能幼稚一点，傻一点，自私一点，无理取闹一些，那该有多好。所以那天我看到瑟瑟发抖的弟弟，像一条无助的小狗，突然觉得，那就是我的愿望呀。你能不能，同我一起彷徨迷茫，一起摔倒呢？

"你是个坏女孩。"小吧说。

"你真可怜。"阿姐说。

"我是见识浅陋。"我说，"我那时并不知道孤独是一定要承受的东西。我还以为只要努力一点，就可以得到我想要的。"

坐在我前方的那对男女还在继续他们的事。我突然不怀好意地想，如果电影突然结束，然后全场的灯一下子全亮起来就好了，我就能幸灾乐祸地看到他们惊慌失措地穿起裤子。

小吧注意到我呈现出一种似哭似笑的怪异表情，就问我说："你在想什么？"

"我在想我的妈妈。"我说。

后来，我还是知道了让弟弟害怕到发抖的那件事。

那几天淅淅沥沥地一直在下着雨，窗棂不管擦了几遍，一会儿就又湿了。地板上盖着一层薄薄的水汽，踩着拖鞋走过去，留下一串肮脏的脚印。爸爸说，要变天了。我不知道他说的变天，是说天气会变得更温暖，还是会陡然冷下去。我的生活是会变得更好还是更坏呢？旧路已经走到了尽头，我感觉得到。

要变天了。

弟弟没有再出现奇怪的症状，这几天他变得滔滔不绝，好像要用话把房间塞满。现在想来，那只是他掩饰心慌的方式。他说起南国的雁，美洲的黄金猎豹，谈到古老四川的熊猫，总之聊到一切在过去几十年还存在于世界，如今却已灭种的生灵。他不提及钟爱的法律，不提及思想教育，不说他自己也不说和我们有关的一切。可能他是在寻找着我感兴趣的话题，又或只是在逃避。而那时我是真的因为那自私的愿望要达成了而兴高采烈吗？还是作为双胞胎已经隐隐地感到不安而在强颜欢笑呢？

可是我还是常常回想起那天，不仅仅是因为那是属于我的最后的平静时刻，还因为，在最初的兴奋过去之后，也许因为我们聊的话题足够远，所以我终于，终于如释重负地放下了我应该扮演的那个角色。幼稚，天真，好奇，所有一切我无形中强迫自己拥有的性格，都如烟一般消散了。

我不是白河，不是美人儿，不是年迈的老太太，不是我曾经扮演的每一个罪犯，而是没有名字、没有年龄的我。连同血与肉，乳与骨，瞳孔里的亮点一起除去了，情愫和灵魂也被剥离，我还原为一无所有的我自己，感到轻松快乐。

我看着弟弟，把他的长相印在脑子里。随后我站起身来开了卧室的门，那门像是被走廊的风吸住了，花了好大的力也打不开，弟弟盘腿坐着，在后面咯咯笑我，好像喝醉了。门一打开，冷风吹得我一个哆嗦。

变天了。我暗想。

"你怎么会想到你妈妈？是因为突然发生什么事了吗？"小吧天真地问我。电影正放到那个演爸爸的人和记者侃侃而谈。镜头看上去摇摇欲坠。那是爸爸最雄心勃勃的时候。电影里没拍出来的是，爸爸的后院正在起火。

我还是不好意思告诉小吧，我只是想到妈妈，不是想念她。当然我有的时候还是会想念她的，但是让我动用"想念"这个词的时候，一般都是因为一个美好的东西，一个让人微笑的时刻。而不是因为现在这个理由。这个理由不太好，可以说是坏了。我不知道小吧的一生，就是在玫瑰盛开两个月的时光里，男女情爱的事，它到底能懂得多少。如果可以，我宁愿让它知道，那是一种美丽的东西，起码在其中的一些时刻。

后来弟弟跑过来紧紧捂住我的嘴。

他以为我要放声尖叫，我没有。我是哭了。我并不是因为难过才哭，我是怕。我用尽全身的力气在颤抖，像发烧了一样站不稳，但我只有一点点的眼泪，它们流到我的脸颊就干涸了。

我站在妈妈的房间门口，那门怎么会突然就被风吹开一条缝。

她房间里有个别致的阳台，阳台上也和院子里一样种满了玫瑰，她一向喜欢。阳台后面是两扇落地窗，用窗帘盖着。今天的这个时候，窗帘半拉开一些，于是夕阳就从这个其实很小的缝隙中照射了进来。

那道金黄色的夕阳，它先是照向木质的梳妆台，拂过上面颜色不一的口红、指甲油、粉饼，拂过梳妆台下面的抽屉，拂过抽屉上黄铜制的圆形把手，然后再蜿蜒向前，攀上一个小型的电视机。这电视机是老古董了，它放在这个房间里，只是作为一个摆设，上面覆盖着一层浅浅的灰，有些轻轻地悬浮起来，像是河里的鱼，和那道阳光一样通过镜子转了个柔滑无比的弯，然后铺在那张大床上面。

铺在那两只扭在一起的动物上面。

刚刚过完生日的妈妈。想要扼住我喉咙的影子。在厨房里煮咖啡和做饭的妈妈。细长的眼睛和稀疏的眉毛。玫瑰花。所有的一切在我的脑海里艰难地搅在一起。那纯粹的夕阳，在我眼里，倒变得血肉模糊。

弟弟站在后面紧紧地箍住我，我感受到他的心脏，砰砰砰砰。

我听到那时杜飞河在我耳边笑着说，你一定是只知道杀人罪对不对？小女孩，我告诉你，这个世界上比杀人罪更邪恶的事还有很多很多呢。

妈妈，你也和我一样，对乖乖扮演自己的角色腻了吗？

我其实有点高兴，说到这段的时候，小吧不知不觉地睡着了。阿姐告诉我，小吧正在吐出二氧化碳，可能是因为礼堂里的黑暗骗了它。

"所以，你妈妈背叛了你爸爸和那个园丁乱搞了？"阿姐说。

我有些尴尬，恶狠狠地威胁它："你得学学和人说话的礼仪，不然当心招来杀身之祸。"

"可是，"阿姐继续没有分寸地说道，"你看上去并不是很难过。"

因为这句话，我开始有点讨厌玫瑰花。或者说我从来就没有喜欢过，只是现在更讨厌了一些。玫瑰是很愚蠢的，尽管过去了好几百年，玫瑰梗上的刺还是没有变得更厉害一点，能够逃脱人类的剪刀。这样想着，我心里好受了一些。然后不得不承认，更多的时候我还是愿意和玫瑰去聊一些事，当然并不是全部。这是因为在玫瑰花里没有人类社会的规则，没有人情味，我因此可以逃脱那些很刻板的道理，很不能理解的教条，说我想说的事而不至于中途被打断和指责。

我躲在房间里瑟瑟发抖，我对弟弟说："我好冷，你可不可以把窗户关了。"

弟弟走过去关窗，回来的时候他说："那件事不能告诉爸爸。"

我点点头，其实那是我那天剩下的最后一点力量。因为弟弟的语气是在哀求我，他用力地看进我的眼睛里面去，像是要确认一口快要枯竭的井里还够最后一碗水。

礼拜一是 10 月 1 号，国庆节。玫瑰在早几个月已经全部凋谢光了，现在已经到了连叶子都不剩的地步。我吃惊时间过得这样快。当然那天爸爸是不会放假的，因为杀人犯不会因为国家的诞辰就放下尖刀。天气的确是冷，新闻里播放寒流就要来了，风撞着玻璃窗哗啦哗啦地响。

那天早晨，餐桌上呈现出一种诡异的气氛。好像是因为工作上有了什么特别大的进展，思想教育的范围被扩展了，正在如爸爸所想的从死刑犯到普通人的路上过渡，他一个人显得特别高兴，其余三个人则很是慌张，有所保留，在一些无关紧要的事上撒谎。特别是我，我对他的思想教育突然变得漠不关心，袖手旁观，随声附和，眼睛却不知道看往何处。

妈妈端着面包和牛奶走了出来。羊角面包的顶部被烤出一点恰到好处的焦黄。桌子上有培根、火腿和玉米沙拉，番茄、黄瓜和紫甘蓝被细致地切好，摆在生菜上面。妈妈问："你们要喝什么？"我装作没听到，粗鲁地抓起羊角面包，一口咬下去。很快地，一股腥味在我嘴里散开。我用叉子撩起一些玉米塞在嘴里，仍旧有一股腥味。还在发烫的培根，竟有股无可忍耐的酸臭。我紧张地看向弟弟，他自然地咀嚼。爸爸，也许他早就失去了味觉和嗅觉，什么都不知道。于是我哇的一声哭了出来。

爸爸放下报纸，惊讶地望着我，问我怎么了。我想这是因为他今日心情好的缘故。平时的时候，我在他眼里也不过是弟弟的副产品。妈妈凑过头来想要用手触我的额头，我想着她这手曾碰过什么地方，摸过哪些部位，就更是羞耻万分。

就好像水冲过了大坝，我想着，完了，我守不住这秘密了。

我呜咽着说："爸爸……"

他笑着，耐心地问我："什么？"

弟弟在椅子下面轻轻抓住我的手。然后他用力，直到我的手快要被他捏碎了。

大约有十年的时间，我等在那扇绿色大门前看人来人往。因而在我的大脑里，有几千个形态各异的罪犯，几千个去往绿色大门又脱胎换骨的人。童年时候我模仿着他们，只为了逗我弟弟笑。然而在那天早晨，弟弟抓紧我的手，不知怎么就硬是意识到，他们仍一个个完好无损地躺在抽屉里，就像药铺的柜子那样被分门别类地摆放着。男的归男的，女的归女的。灿烂归灿烂，忧伤归忧伤。形态万千的模样。它们一个个层层叠叠地堆积着，构成一个橱，一个房间，一条走廊，一个城堡。我如此想着，便觉得自己好像体内也有几千个人的力量，不再寄托爸爸或是思想教师就可以解决眼前的问题。

我尝试着取出一个属于少女的微笑，明媚而阳光。我对着爸爸用上那个微笑，以后无数次我也用上那个笑。于是爸爸就被我怔住了，就像我以往无数次被他的声音怔住一样。我有些吃惊地看着事情在我眼前发生，爸爸舒心地低下头，仿若前几秒我所表现出的呜咽和莫名其妙都不曾存在过。

我不动声色地将面包含在嘴里，忍受它的腥臭，十分钟后才到厕所里吐出来。我对自己说，白河，你是自我意识过剩，食物根本没有味道，你只是无法跨过精神上那道坎而已。但是仍旧没有用，腥臭没有消失。院子里玫瑰枝被剪断的声音传到我耳里，尤其刺耳。

我渐渐发现，那根本不是偶然一次的事件，妈妈很明显地找到了情人。她怎么可以如此肆无忌惮。

我不期待她，怎么样都是没有用的，弟弟摇着妈妈的手问她："下个礼拜是我和姐姐的生日，你可不可以到我们的房间里？"那已经是刻意摆出小孩子的姿态了，仍旧没有用。她总是答应，可是不会来。在那傍晚到来之前，我们都知道走廊那头紧锁的房间里在发生着什么。

我一点都不想过生日。可是 4 月 1 号那天，鞭炮味和吵吵嚷嚷的声音直接冲到我们的房间。这一天其实是送给爸爸的节日，我们只是恰巧出生而已。

一段红色的鞭炮被不偏不倚地丢进我们房间里。它噼里啪啦一阵炸响，一阵红色烟雾窜进我的鼻腔。我头皮发麻，身子向后弯却伸出手抓住还在弹跳的鞭炮猛力地丢去，回头看弟弟，他哭了。

五分钟之后，弟弟开始全身震颤，冒汗，在地上蜷成一团。半个小时后他又恢复正常。

我那时明确地意识到，我们是被丢掉了。被爸爸丢掉了。被妈妈丢掉了。如果我什么都不在乎，我也可以学着他们的样子，将所有的一切都丢弃掉，不在乎任何一样东西。这样子，我再也不用看着食物呕吐，我可以和和睦睦地过着自己的生活。可是这样的话，我就要失去弟弟了。

我讲到这里的时候，礼堂内的灯打开，电影放完了，人们好像都做了一个梦。我懒得去看爸爸那些光辉事迹，他们是真是假我早已不在乎。对于那时绿色大门后心心念念的一切，现如今也唯恐避之不及。

舞女们提起裙摆走上前，另一边是打着领结伸出手的男士，中间隔着暧昧的距离。

"她们可真美。"小吧醒了，羡慕地看着那群女孩儿。

"那是因为她们化了妆，穿了漂亮的裙子，其中的一些还抽过脂，整过容。可是你的美，就是作为一朵玫瑰本来的美。"

阿姐说："为了把自己变得更好而作出努力，不好吗？"

弟弟死后的几天爸爸也是这么对我说的，"作出努力。"他的脸上带有悲痛的神色。"我不在乎那些被偷走的钱。"他说，"我知道你弟弟的死对你打击很大，对我来说又何尝不是。"他拉着我进了绿色大门里面。我在心里想，过去我也付出努力，显然光有努力是不够的，还必须有牺牲。牺牲就是弟弟的死。

这时我的心中涌起一阵尖锐的复仇渴望。于是我盯着爸爸的后脑勺，恶狠狠地说："妈妈出轨了。就是和那个杀掉弟弟的人。那个园丁。"

他毫不理睬我的宣泄："你弟弟不是被杀掉的，他是生了病，惊恐症，他那天晚上只是被吓到了。你可以去查查看。"

"你为什么要帮那个人说好话？"我的语气生硬无比。

"因为我是思想教师。你懂吗？整个思想教育的体系，就是构筑在原谅之上的。如果受到伤害的人不愿意原谅那些罪犯，单纯把那些罪犯变成好人还是没有用。"

"我不原谅他。"我想起弟弟以前说，犯了什么罪就应该判处同等量的刑，就像天平一样。可是，除了死刑以外，没有什么惩罚可以和杀人罪放在同一个天平的两端而不倾斜。

爸爸好像听到了一个不怎么好笑的笑话一样，一脸嘲讽。"你根本没有资格不原谅。因为你就是罪魁祸首。"他当然知道应该用怎么样的语速和语调，才能让他的字句一句一字打在我心上，"那种病一定之前发生过好多次，可是你不说。你想你的弟弟和你一样惨，因为你就是一堆烂泥，你喜欢把别人拖下水。"他掐着我的手，摇我的肩膀，"你说我说的对不对，白河？"

他推我进绿色大门。我一个趔趄，猛吸进房间里的一股焦味。

我一进房间看见眼前景象，吓得目瞪口呆。

房间所有的裸露处都爬满了盘根错节的电线，地板和墙壁因此凹凸不平，如同巢穴。有的电线像手指那样粗，有的又细若发丝，五颜六色寄居着，然而总体来说是腐旧的，空隙处亦被灰尘塞满，看不清那房间的本来面目。脚下的电线时不时地蠕动，像蛇一般两两相触擦出火花，焦味就是由此而来。最瘆人的是它们一下膨胀一下又收缩，好像几万个人在呼吸。

在房间的中心，电线从四个方向盘旋而上，绕成椅子的形状。我心惊胆战地靠近坐上去，爸爸在我身后说："把手搁在两边的靠垫上。"那靠垫上的电线露出几个翘首以盼的脑袋，待我把手搁在上面，它们迅速吸上来，一阵刺痛，我知道手臂和大脑密密麻麻刺了无数个小洞，但并未流血。铜线扎了进去，顺着经脉奋勇地在我身体里蹿高。

爸爸带上了一顶帽子，那上面贯穿了密密麻麻的电线。仍然是五颜六色，然而绿色最多，想到这一点我不由地冷笑。他从帽子两边拉下两条长条黑布，在嘴部和喉部那边扣住。

我眼睁睁看着众多的电线就这样扎进那两个部位，他却无动于衷。

爸爸的喉结上下抖动了一下。几乎是在同时，我感到那微小的震颤顺着电线四面八方地涌向我，我的心脏猛地一跳。

爸爸毫不吃惊地看着我的反应，还我一阵冷笑。

我根本不知道弟弟是怎么死的。我甚至连他的遗体也没有见到。

事发过后的那天早上，我被两个人高马大的警察堵在房间里，他们只告诉我家里来了小偷，袭击了弟弟，正在医院抢救。

我立在他们面前，吓得眼泪直流，哀求他们让我出去看看。

一个警察表情冷峻："去了有什么用，你又帮不上什么忙。"

另一个笑眯眯地蹲下腰说："小公主，你知足吧。你爸爸怕你被吓到，特意嘱咐我们说，把你好好看着。"

我恶狠狠地盯着那二人唱双簧，自知这房间无论如何也别想冲出去了。直到傍晚，两个警察的对讲机响了，他们对视一眼，从我房里撤去。

我起身走出房间，走廊里弥漫着一股消毒药水的味道，门口的花被换过了，想必先前的那盆已经被打碎。然而不管如何清理，血迹终究还是渗到了木头地板的缝隙中，几条红色的细线在我的脚下穿越。

我摇摇欲坠，明知一切已经无可挽回，然而却毫无处于现实之感。

后来，那法医又告诉我，弟弟是被那个小偷推倒到墙上撞到脑部才不治身亡。

之后，又有医生告诉我，弟弟生前患了惊恐症，又因为陌生人入室产生恐惧，可能这才算是最直接的死因。

那时候我见到了好多新的面孔，警察，医生，还有记者。在我的生活无止境地滑落的时候，我开始接触正常人，然而他们看起来也和罪犯没有什么不同。

电视台来采访爸爸，他们想知道一个伟大的人如何承受丧子之痛又在困境中振作的故事。爸爸和妈妈衣着简单而整洁，妈妈时而眼含泪光，这时候爸爸就搂住她的腰，或是拍拍她的肩，神色悲切而坚定。他们齐声告诉记者，事情总会过去，谢谢所有人的关心。那记者也表达出对于他们这份坚强的敬佩之情。

我在楼上看着这一出好戏，抿着嘴偷偷地笑。那声音很轻，像是用被子蒙住头在说话，然而一直不停，那女记者觉得有什么异状，往上一瞥，视线就在我身上僵住了。

我咧嘴对她笑。

女记者身子一凛，颤颤巍巍地伸出手指问爸爸："那是什么人？"

我自然知道怎么去扮演一个失常的人。

我在绿色大门前十余载，眼见过几千个犯人，但凡哭笑不停、情绪激烈者都是装疯卖傻之辈。真正失去心智的犯人，外表祥和，微笑间却透露出一股阴气，令人不寒而栗。

我摇摇晃晃地走下来，眼睛倒直勾勾地盯着那个女记者。她亦看着我，我料定她此刻心里发憷，一扭头万分平静地对着她身边一脸尴尬的人说："爸爸，弟弟五分钟之前和我说，他肚子好饿，我妈什么时候做饭？"

那女记者惊慌失措的脸，我至今记忆犹新。采访最后草草了事，也没有在电视上播放。然而这一闹，倒是让爸爸知道他身边安了一个定时炸弹。

白岩正看着他的女儿，无法判定这女孩儿是故意还是真的神志不清。他第一次知道他身边还有这么一个定时炸弹，然而他转念一想，自己一心想着在普通人身上推行思想教育，他女儿若是能借他之手缓过来，可不是免费的广告？

身处绿色大门之后，我不寒而栗。

数百根电线状的细丝和我的大脑神经接轨，不由得我说一个不字。

爸爸戴上那顶帽子开始说话。

我的耳朵听不见他在说什么，然而感觉上是潜意识已经接受了信号，神经猛烈地起反应，只觉得那是错的，他说的是错的。随后我看着地面上的一根电线开始不寻常地膨胀，紧接着热流沿着那根线涌进我的大脑，一阵灼伤感在脑部蔓延。

爸爸又开始说话，他说的还是刚才那句，然而当我的想法才刚刚开始发出反对的声音时，那条源头的神经像是被火烧成灰烬一般。

思想的一部分消失了。我的一部分没有了。

整个身体胀痛无比，我因为疼痛无法克制地流下眼泪。

2029年。那个时候我满15岁。即使思想教育这项工程早在十五年之前已经开启，然而进步之快，仍旧令人咋舌。

我原本想，这样也好。我在绿色大门之后待了一个多小时，当那些电线最终从我的身体中抽去时，我感觉一身轻松。虽说其实那只不过是撤去疼痛的常态而已，但我的执念，我的愤怒和孤独的确没有了。我感激地看着爸爸，发现他也在慈祥地回看我。

那一刻我想，我是爱他的。

怎料那天半夜里，我梦到弟弟以前曾对我说，你以后可以做演员。弟弟还说，你心里住了那么多的人。只因为那一句话，我猛然想起那么多那么多罪犯，杜飞河，还有那个老太太，全部苏醒了。他们揉揉眼睛，好像大梦一场，快乐地踹开我曾经给他们安好的抽屉，在我的大脑里大呼小叫。

是你爸爸放我们出来的呀。他们手拉着手大喊，他把你的那一条条对他有害的思想消去了，可是他不知道你的每一个想法都藏着围着我们的栅栏。

真好，真好，他们欢呼。

我大汗淋漓地醒来，意识到一件可怕的事。

思想教育对我没有效果。

躲过爸爸的眼睛是很容易的，我们的关系在各自刻意的努力下不断融洽。对爸爸来说，自弟弟死后，我已无可选择地成为了他的接班人。即使不行，再不济，我也是一个成功的试验品——一个因为弟弟死去而疯癫、最后变得乐观开朗的女孩。那天到我们家的女记者可以证明这一点。

我只是调用了一个罪犯的笑而已，一个一成不变的、模式化的笑。我用它骗过了所有人。

这之后，因为我的身先士卒，思想教育在普通人中渐渐推广了。我知道坐在这个礼堂的人超过三分之二的人都已经接受过思想教育。

达成爸爸的愿望不过是早晚的事。而到了那一刻，我就成为了人群中的一个异类，一个没有接受过洗礼的人。

那一天，爸爸很高兴，妈妈陪着他喝了好多酒。

那时关于弟弟的往事第一次被谈到。以往他们总是避之不及。

妈妈掩饰不住地哭泣，她反复地念叨，怎么会是他，怎么会是他。她羞愧难当，她曾以为自己正处于纯真的爱之中，然而她的情人，那个园丁，却只是利用她喜欢的玫瑰，利用她对他的爱来夺走钱财，夺走她儿子的生命。

爸爸在另一个角落号啕大哭。他当然见到了那个罪魁祸首。那个人长着一张陌生的脸，可是他认识他，他知道他是谁。那个曾经在爸爸的嘴巴中被他嚼烂，被他轻视的黑诀换了个名字，换了个长相站在他面前，一字一句地告诉他，思想教师夺走了他的全部——他的事业，他的家庭，他的信仰。所以你，白岩正，也不能拥有。你家的钱，你妻子的爱，你儿子的爱，都要统统被夺走才好。

可是，正是因为思想教育，黑诀他不会死。他根本不会为他所做的一切付出代价。他只会接受思想教育，然后成为爸爸的信徒，最终幸福地活下去。

一切不过是一个残忍的轮回，而弟弟是这个轮回中无辜的牺牲者。

我回头望去，先前陪伴我的那两朵玫瑰花已经在我的回忆中枯萎死去了。礼堂里的温度太高，加速着它们的消亡。

我不禁黯然神伤，在座位上哭泣起来。我以为我在为花的败落而心碎，然而不久我意识到我其实是在哀叹我自己罢了。我自认为不是善良之辈，生活中充斥诸多不幸，到头来，失去唯一可能陪伴我的弟弟，在这个本应该载歌载舞的场合孑然一身。

我对谁都没有说的是，我今日本是来寻仇的。

我打听到，那个拍摄爸爸纪录片的导演正是黑诀，他到底是忘记了或是宽恕了自己所做的一切，他现在全身心地敬佩爸爸，全身心得爱着这个世界。

放下屠刀，立地成佛。凭什么？

我曾经想要杀了他，将枪藏于裙内。

然而我发觉，早在2041年，爸爸和那些人权人士，本是抱着尊重人权、生命可贵的信条，才将思想教育推广于世。可惜自思想教育发展以来，人的权益越发地下，生死不由己，如何想，如何做，孰是孰非，更是不由己。这等牢笼，又岂是我简简单单开枪杀一人就能遂愿解脱的？

我想到绿色大门之后的那堆电线，不过是一堆系统，一摊想法。待到五十年后，这世间必定一个有灵有肉的人也不剩了。

而不论人们如何折腾，如何抱着进步的名义自寻死路，玫瑰仍然还是玫瑰，还是要没心没肺如火如荼地盛开，一如今日的小吧和阿姐。

刘 涛

虚妄之眼

入夜的时候凄凄沥沥地下起了小雨，没有关紧的窗户被风推动得哗啦作响，也许下一秒玻璃就会承受不了这样累积的冲撞而破碎。我讨厌雨季连续的降水，使本来就潮湿不堪的医院里变得更加阴湿，连石灰墙的纹理间都布满了水迹，长出了小片的青苔和菌类。像是肮脏的抽象艺术，涂抹在灰暗的墙面上。

与我同住的女孩子戴起来耳机，早早地钻进被子里，她听医生推荐给她的钢琴曲来帮助睡眠，我依稀听见劣质的耳机中传来的理查德·克莱德曼的《水边的阿狄丽娜》。

"找个时间修一下窗户吧。"她哆嗦着说，因为寒冷和害怕而在床的一角蜷缩成一团。她将我的被子也卷入身下，好当成她抵御漫长黑夜的屏障。

"唔。"我随口应付下来，倒了一杯温水给她，摊开的手心里是红色的胶囊和蓝色的药片，像是很久以前吃过的水果糖。不过现在不是怀念蜜饯零食的时候，即使包裹着糖衣，吞下去也一样的苦涩。她说药的味道长久地留在喉咙里无法消除，也许它就卡在那里，等待着缓慢的分解与消化。就像一系列发生在她身上的怪事，等着被逐一抽丝剥茧。

虽说是漫长的折磨。

但是远远不及荒谬的生活。

我从地下室找来一些没用完的胶布和报纸固定好窗户，总算不再漏风。女孩也已经入睡，在大脑皮层的位置，被噩梦折磨。连日来，她的精神像被风吹起的饱满鼓胀的报纸，脆弱不堪，只要稍微施加一点压力，就会崩溃。

睡着的她是个安静乖巧的孩子。尽管如此，也要用柔软的皮革锁带固定住她的手脚。如果不抓住她，这只美丽的蝴蝶随时都会被捏碎在死亡的掌心。可是她不知道因为什么魔障，执意要投降那毫无声息的怀抱。我不得不囚禁她。

与此同时，她也是我的病人。

"医生，救救我。"她经常这般哀求，我差一点就因为她的眼泪动容。她也许不知道，我正在努力地挽留着她，这个和我一样的，特别的姑娘。只不过，她自己并不觉得正在被搭救。一心一意奔向死亡的步伐，必须强迫她停下。与求生的本能相同，追逐死亡也是人逃避恐惧的方式，我一直好奇，这个世界上究竟存在着怎样旁人无法看见的恐惧，能让一个人毫不犹豫地选择死亡。

透明的药液终于注进了孱弱的静脉，蜿蜒地顺着胳膊盘绕，透过雪白的皮肤看得一清二楚。她的呼吸安定下来，药物起了作用，那些厄靥识趣地潜伏在一旁。惹人生厌的困倦趁机缠上了我，我拉过被子睡在她的身边。她的喉头滚动了几下，发丝散落在眼睛上，我萌生出想要亲吻那张带着药味的双唇的想法。但我害怕我一旦凑近她之后，亲吻的对象就会发生变化，说不准在我眨眼的某个瞬间，她就会变作狰狞的鬼魅。

我从不相信有神明存在。

这种在科学下无影遁形的东西，不是一个医生应该去信奉的。

但我相信鬼怪。

这很矛盾。一个无神论者会赞同这样荒谬的事情。人们一定会觉得是我疯了。明明同样都是莫须有的东西，存在于人们的杜撰和妄想里，却持有彼此对立的态度。听起来异常好笑，因为我也这么觉得。但我仍希望有神明，来救赎我可怜的蝴蝶。

她美丽而脆弱。不堪一击。她被病痛折磨，我却无从下手去拯救她。

我们把关着异类的地方叫做疯人院，遗弃在这里的都是被社会抛弃的怪物。比如生下来就长着蛙脸的无脑儿，车祸后仅剩半个身躯的畸形人，老年帕金森患者，或者是任何想要被世界抹消的东西，我们都会仁慈地接纳。我觉得我应该去做一个神父而不是医生，因为我们竭尽全力提供的不是治疗，而是让他们快速而无痛地走向死亡。

我厌恶这里肮脏的一切。唯独我的蝴蝶有着纯净的眼睛和健全的肢体，如果不是她那具有攻击性的坏毛病。

"怪物。"她的父母也如此评价，将她塞给我的时候如同丢弃一件垃圾，留下想要早点摆脱的嫌恶眼神，和匆忙离去、始终没有回头的身影。"尽快处理掉她吧，不然有一天她也会杀了你。"她的父母并未交代要治愈她，可能多半是听闻了精神病院是贩卖人体器官的屠宰场之类的可怕传闻，把她当做累赘丢给我们。自从好事的人编造出这样的谣言，医院就彻底变为弃婴和智障和残疾人的收容所。

我尴尬地捂住她的耳朵，不想让她误会我工作的性质，虽然在本质上我们和杀手没有太大的区别。为了解决不断增加的人口和难以处理的传染病，我们不得不处理一大部分人。反正他们是被亲属明目张胆遗弃了，甚至给了我们不少的钱当做封口费。

在很长一段时间的相处之后，我才用交换秘密的方式换取了她的信任。虽然我的说辞中有很大一部分是我编造的。例如上周我告诉一个在事故中被截去双腿的精神病患者，说三个月之后他能长出新的腿，并且我向他展示了我膝盖手术后的疤痕，欺骗他说那下面的肢体是我在一次交通事故后重新生长出来的。只要他肯配合治疗，就能像我一样痊愈。

这很好地制止了他想要打断其他人双腿的冲动，使得医生和其他患者的安全得到了保障。而我也知道他不会等到三个月之后来质疑我的谎言，缺少治疗的伤口已经严重感染，溃烂也从被截断的地方不断地扩散，也许一个月之后，他就不会再遭受疼痛和暴躁的折磨，然后成为后花园的养料。

我用同样的方式让蝴蝶开口说话，当然对象仅仅限于我。她对其他人仍旧充满了敌意。只有我拥有着别人都不知晓的，关于她的秘密，就凭这一点足够让她死心塌地地信任我。

但那并不是什么卑劣的手段。我足够坚守医生的职业道德。我认为这只是一种必要的治疗方式而已。

"我不是故意的。"这是她开口同我说的第一句话。那时我正翻看着有关于她的旧报纸，泛黄的纸张上用了一大半的版面刊登了她杀死自己同学的事情。更多的版面是教育家针对她父母的教育方式提出的批判，以及学校方面极力想与她撇清关系的声明。我回想起他父亲曾在我耳边说过的话："不要相信她，她甚至杀掉了自己的弟弟。她不是我女儿，而是冷血的恶魔。"

"为什么要做出这种事情来？毕竟是你的弟弟。"后来我问蝴蝶。

"我没有做错。"她辩解。越过了道德底线，还冠冕堂皇地找借口。我饶有兴趣地听她讲述理由。

"我看见了。"她把脸埋在我的衣服里，忍受着我都难以接受的消毒水的味道。

"看见了什么？"我揉着她凌乱却柔然的头发，对她耳语。

"怪物。"她沉默了一会儿，然后咬牙切齿地说。

"自从妈妈生了弟弟以后，家里就变得不正常了。那东西寄生在了弟弟身上……真是一段可怕的回忆。"她用一种人到暮年的成熟语气对我讲述，这让我着实觉得好笑。但我更好奇她口中的"怪物"究竟是什么样子的。

"新生儿都是爱哭闹的，需要人不停地为他晃动摇篮，要很多人围着他才会安安静静地睡觉。可是在他一岁之后，当所有这个年龄的孩子都开始走路说话的时候，他仍然时不时地躺在已经勉强才能容纳下他的摇篮里哭闹。日夜无休，没完没了。他的声音像破碎的玻璃一样尖锐，吵得我心神不宁。"

"小孩子都是这样子吧，说不定你以前也是用这种噪音干扰你的父母。"我劝慰她。

"不。他的哭闹只针对我。我告诉爸爸妈妈我来照看他的时候，他就会变本加厉地大喊大叫。只要我一接近他，他就会用这种声音来折磨我。后来我想了一个办法，每当他哭闹的时候，我就捂住他的嘴，这个方法很奏效，但维持的时间不并不长。

"因为弟弟的肚子里长出了藤蔓。从肚脐的位置，触手一般黏糊糊的黑色藤蔓。开始我以为那是没有剪干净的脐带，直到它慢慢长长，从他的衣服里伸出来我才察觉到。那些藤蔓绊住我的脚，我靠近他，他就会大哭，然后藤蔓就张牙舞爪地去拽爸爸妈妈，好像我才是可怕的怪物。更让我恐惧的是我的父母根本看不到他们的孩子变成了什么样子，只是说他让人觉得心疼想要寸步不离地守着他。只有我知道是那怪物在作祟。

"因为他无理取闹的缘故，妈妈错过了我的家长会，爸爸错过了我的参观日，所有人都在说他们有了儿子以后就开始嫌弃我了。所以我想看看他的肚子里究竟有什么，寄生了那些奇怪的东西可不好，这样下去，不仅爸爸妈妈会被怪物夺走，等他长大可能还会赶走我。我受不了他用那些恶心的玩意儿裹住爸爸妈妈的脸让他们看不见我。所以我趁他熟睡的时候想看看他的肚子里究竟是什么。

"医生，你知道吗？那真是一种奇妙的感觉。小孩子的身体软绵绵的，切开时就像割开一张柔软的皮革，那种感觉很奇妙。"蝴蝶的眼神陶醉着，语速飞快。她眼里闪烁着童贞的杀戮，让我不寒而栗。我却奇怪地对这嗜血的蝴蝶着迷不已。

"最初他的哭喊声还很高亢，那些狰狞的藤蔓也旺盛地舞动着，让我难以抓住，我一气之下把它们全都连根拔除了，但弟弟的哭声也随着藤蔓的死亡而衰弱下去，最后微微地抽动了几下就死掉了。

"更可怕的是那些藤蔓掉在地上之后就变成了身体的某一部分。我无法向她们解释清楚这一切。之后我在家待了很长一段时间，爸爸把我关在阁楼上，给我找了心理医生。他们逼迫我承认自己有臆想症，给我吃镇定的药物使我无精打采。我尽量表现良好，不再说关于怪物的事，他们才认为我恢复了正常。

我收起了报纸看了看表，已经过了晚餐的时间，我站起身来抚平了白大褂上的褶皱。兜里还有两块有些融化的巧克力，糖浆渗出了锡纸，变得黏腻。想起了蝴蝶讲的故事，我打消了食欲，将它们放在了蝴蝶的手心里。但她好像是得到了什么珍宝般兴奋地端详着，拨开锡纸然后又包好，仔细用手指抹掉锡纸外面的糖浆然后放进嘴里舔干净。

"自从来了这里就没有吃过糖果之类的吧，如果你喜欢我可以多给你带一些。"她俏皮的动作令我动心，所幸小孩子是容易讨好的生物。

"不，我爸爸是牙科医生，不许我吃甜食的。"她的目光恋恋不舍地从糖果上移开。然后从她带来的箱子里翻出一本红色绒面封皮的相册。

"这是我的爸爸和妈妈。"第一张照片是一张全家福，在蝴蝶还是婴儿的时候。但这张照片总给我一种奇怪的疏离感，她的父母保持着一种礼貌而不陌生的距离，并不是像其他全家福一般紧紧地靠在一起。夫妇二人带着礼节性的微笑看着镜头，那种表情恰到好处，不夸张也僵硬，就像广告上的笑容，经过精心的排演。

我又将相册向后翻了翻，除了蝴蝶见长的身高和岁月在他们夫妇二人脸上刻下的痕迹外，他们的笑容没有多大的变化，不增添一分悲喜。

但蝴蝶却没有发现异常之处，她好像很乐于像我展示关于她父母的相片。这一举动好像点燃了她的热情，她开始滔滔不绝地向我讲述着。她的母亲是一位严苛的中学教师，这从她保守的服饰和梳得一丝不苟的发型上就能看出来。而蝴蝶的父亲是一间诊所里颇有威信的牙医，是个十足的绅士。我对那个男人有些印象，说话和行为都彬彬有礼，甚至是将蝴蝶送来时，也没有变现出任何情绪波动来。

"很般配不是么？"蝴蝶突然这么说。

"我妈妈是善于谈判的人，而爸爸总会将事情处理得很体面，所以在我的印象里他们从没有过分歧，也没过失态的时候，就连弟弟死掉的时候也是这样。"蝴蝶说到这儿的时候古怪地笑了一下，在我看来既像是羡慕又像是嘲讽。"妈妈没有我想象中的大哭，如果她那样做的话，我还有个可以辩解的机会，告诉她弟弟变成了怪物的事情。爸爸也没有暴怒地要揍我，他们只是惊异了片刻而已，像处理一条死狗一样处理了弟弟的尸体。"

"他们对邻居谎称弟弟生病死掉了，这让他们好有个理由来表现自己的悲伤。他们把他埋在花园里，后来我被关在阁楼的时候，只要一打开窗户，就正对着那片坟土。我害怕那些藤蔓会从地底复苏又重新长出来。我为此担忧了好久，可我越是忧虑越容易被他们误解。那段时间没有人肯听我说话，只有心理医生不断地问我各种问题，我需要记住正确答案才不至于被当做疯子。那段时间真的好寂寞，他们变本加厉地忽视我，让我既伤心又愤怒。"蝴蝶的声音有意思哽咽，我轻拍她的背，然后随手将相册向后翻看。

　　其中有一张是蝴蝶穿着制服与另一个女孩子的合影，看上去应该是关系很好的朋友，紧密地挽着胳膊，头上扎着同样的发饰，对着镜头开怀地笑着。但另一个女孩子脸的部分被人用刀片刮掉了，只剩下密密麻麻的白色划痕。我猜测是不是因为她和蝴蝶的长相太过相似，才引起了蝴蝶的惶恐。

　　我大致推断出照片上的女孩子，就是惨遭蝴蝶毒手的人。

　　"那关于你朋友的那件事呢？从照片上看，你们不像是会反目成仇的样子。"我指着另外一张剪报上的标题问她。光是看见"毁容"这种关键字就会让人觉得触目惊心。

　　"好朋友的脸上，长了奇怪的花。"她停顿了一下，然后表情严肃地说道。

　　"我能看见花的经脉埋在她的皮肤下面，绕着她的脖颈向上。从眼睛里伸出花瓣，覆盖住了整张脸庞。她就顶着那样奇怪的脸招摇过市，花蜜从她的眼睛和嘴唇里流淌出来，她身上的香味弄得我总想打喷嚏。花粉飘到哪里，沾到的人就会像着魔一样被她吸引。

　　"本来我约好了喜欢的男孩子出来喝茶，结果，他的视线全被那朵花吸引了过去。她之前跟我说好，不会勾搭我喜欢的人。明明我把她当做了好朋友，她还是做出了那种事情。她把花粉抖落在那个男孩子的身上，我看见他们躲在角落里接吻，她把花蜜源源不断地灌进他的嘴里。我不能容忍她的背叛，也不想失去喜欢的人。所以我要拔掉那朵花。"

　　"然后你就弄伤了她的脸？"我看着报道皱起了眉头。

"别把我说得像变态一样，我只是帮她把那朵花拿掉了而已。"她把食指放在我的眉心轻轻地揉着。

"我告诉她那个男孩子托我送一封信给她，她很轻易地就相信了。但她始终都不肯承认是她不知廉耻地勾引了我喜欢的人。也许是长在她唇上的花瓣让她说了谎，所以我把花瓣从她脸上摘了下来，那些鲜红的汁液散发出浓稠的味道。我想如果不把那些根茎清理干净，花瓣就会永无止境地生长。虽然我恨她，却也不想眼睁睁地看着她变成顶着花盘的怪物……"

"也许是我太粗鲁了吧，你也知道的，年轻女孩子的面皮薄得像一层纸，经不起折腾，我去掉花瓣的时候无意中伤到了她……她不停地挣扎，用劲地掐我的手腕踢我的小腿骨，花的汁液糊住我的双眼时，她突然用手掐住了我的脖子……我吓了一大跳……所以才失手将她……"

"之后闻声赶来的人将我送进了警察局，以前的心理医生为我开了证明免去了我的牢狱之灾，然后我就在不同的精神病院之间辗转……没有人肯相信我说的话，他们都觉得我疯了，再也不能被治好了，连我的爸爸妈妈都放弃了我。毕竟杀死同学是一件无论如何也瞒不住的事情，他们的名誉遭受了很大的创伤。我第一次看见烦躁不堪的父母，他们喋喋不休地抱怨班里的学生要求换老师或是看牙科的客人寥寥无几……我发现他们关心的根本不是我……从始至终他们想着的只有声誉和面子。

"所有人都抛弃了我，只有你在身边了。医生，不管你相不相信我，只要你别离开我。"我享受着她的依赖，甚至期待着她沾满鲜血的样子。在我眼里，背负着罪孽飞不起来的蝴蝶，才是最美的。我的手掌摩挲过蝴蝶背部单薄的线条，她因为哭泣而轻微战栗着。

"医生，下班的时间早就过了……别忘了今晚我们还有约会……"护士端着药盘进来催促着我，毫无避讳地让我赶快结束与蝴蝶的谈话。我尴尬地收回手，装模作样地理了理发皱的下摆。在精神病院里，年轻漂亮的护士可是不可多得的精神慰藉，在我变成像其他孤身一人的中年医生之前，我需要尽快找到帮我打理生活的配偶。我知道我对于蝴蝶的那份妄想太不实际。

护士关门的时候不忘抛个媚眼给我，我打量着她的背影，丰腴流畅的线条，比起单薄的蝴蝶更有女人味，前几日销魂蚀骨的感觉还留在我的肌肤上，我想我今晚一定不能错过这场美妙的约会。

离开时我忽略了蝴蝶眼里闪烁着的奇怪的光。她目不转睛地目送我离开，然后乖乖地坐回她的小床上。

护士是个贴心的好姑娘，我在她家度过了曼妙的一夜。朦胧醒来时，听见她告诉我已经帮我请过假了，让我期待她回家时为我煮的咖喱饭。昨夜喝了不少的红酒，今早脑袋还是有些疼痛，连同身体的疲惫让我陷在柔软的床垫里不愿醒来，我蒙着被子一边在脑内重温昨夜温存，一边酝酿着睡意。

就在这时我的手机响了起来，催命一般震动着。我不情愿地支起身子，寒冷的空气让我不禁起了一身鸡皮疙瘩。一种不好的预感袭上心头。

是医院打来的电话。"您负责的病人今早情绪异常不稳定，已经被关进了隔离病房。她袭击了一名护士，请您赶紧来处理一下。"

我拨通了护士的电话，如果情况不严重的话就拜托她帮我打理一下，随便注射一些安定剂给蝴蝶就可以了，可电话一直都没有接通。我辗转反侧了一会儿，决定亲自去医院看看。等我匆忙赶到的时候，看到的却是我这辈子都不想再重新经历的场景。护士倒在了蝴蝶的房间里，装着药的托盘打翻在地，各色的胶囊滚落在房间的角落里。她昨晚在我怀中温软的身子已经变成了一具面目狰狞的冰冷尸体，血污弄脏了墙上的挂画和羊毛地毯。我精心为蝴蝶布置的房间变成了凶杀案现场。

而蝴蝶却呆滞地坐在一边，抱紧双臂，好像一松开就会有什么从怀中飞走。"连护士也变成怪物了……"她颤抖着，眼睛里蓄满了泪水，无助地看着我。

"我昨天就发现了，只是没来得及告诉你……她的样子怪怪的。今早她拿着针筒像我走来，我十分害怕，平时都是你给我打针的……我以为你……"蝴蝶哽咽的声音断断续续。

"她只是一个普通的护士而已！你真的疯了吧！"失去护士的愤怒让我不禁对蝴蝶大声吼道。

"你看不到么，她的胸前有一片黑色的沼泽，迟早你会陷进去的……医生，如果我不杀了她……我就会失去你……昨天我在窗户那里看到你们拥抱，你大半个身子都被那沼泽吞没了……你的身上满是那种泥泞的气息……跟她在一起过不了多久……你就会死掉的……"她一边抽噎一边迫切地想告诉我她所看见的。

我没有回应她，对于蝴蝶的放纵很可能会使我成为她伤害他人的帮凶，我太过低估她，被她孱弱美丽的外表欺骗。刚才在走廊里，一个老医生叫住我，他说蝴蝶的危险性不能再放任不管了，如果我不处理她，迟早会有别的医生代劳。况且蝴蝶年轻健康的器官，可以卖一个相当不错的价钱。

蝴蝶被关在走廊最末端的隔离病房内，大门被一把生锈的锁紧紧锁住。没有医生和护士愿意负责她，她像是瘟疫一般，碰上的人都会惨遭不幸。开始的几天她歇斯底里地尖叫，用手指在门上挠出一道一道的痕迹。"医生，医生，我只有你了，我不会伤害你。"她哭喊。我却充耳不闻。我熟知这是小孩子的惯用伎俩来骗取我的同情，接二连三的事件后，我相信蝴蝶不像是看上去那么简单。

但这一次我的推断却失误了，她破天荒地安静下来。我想适当的冷静可以帮助她恢复，直到另一名值班的护士发现异常。门的缝隙里有血渗出来，送进去的饭菜也原封不动地放在门下方。我费了很大力气才用钥匙拧开那把旧锁。蝴蝶以自残的方式再度引起了我的注意，她的额头碰上了很大的一个伤口，并伴随着轻微的脑震荡。

后来我笨拙地为她剪了刘海，遮挡住那个不知能否完全消退的疤痕。她开始热衷于自杀的游戏，并且她的行为不像是为了博取我的注意而是真的要奔向死亡。这让我联想起小时候捉住的蝴蝶，用手指捏着它们的一只翅膀，它们就会拼命挣扎，即使是扯掉一半翅膀也在所不惜。

蝴蝶变得残缺不全。

我把她的房间搬至一楼，换了一张大一些的床与我住在一起。我细心地用纱布包起所以可能碰伤她的棱角，收起所有的利器。并且不间断地给她服用镇定的药物，让她没有力气寻死。药物剥夺了她的精力，使她看起来病快快的。但我仍不能松懈，她不再抱怨关不紧的窗户了，因为她开始时不时地自言自语，哀求那些我看不见的东西不要靠近她。她晚上常常会做噩梦惊醒，然后惊恐地蜷缩在被子里。

她拒绝了与我亲近，仿佛我的怀抱里有让她惧怕的东西。也许是上一次我的愤怒给蝴蝶留下了不好的印象，无论我怎么讨好她，她都无动于衷。

冬天快要进入尾声的时候，我被院长叫进了办公室。他警告我说蝴蝶的父母没有支付任何治疗费用，而从目前愈加恶化的情况看，蝴蝶没有任何被治愈的可能。我们不是慈善机构，没有必要为一个毫无希望的病人浪费如此多的药物和精力。他暗示我任由蝴蝶自生自灭，有的医生已经瞄准了蝴蝶的身体器官并蠢蠢欲动。

"她们来找我了……门上和窗户上，都是藤蔓和花……昨晚我睡觉的时候，有东西抓住了我的脚踝……好可怕……"是来自死亡的请帖，她能看到实际并不存在的东西，被错乱的大脑投映在视网膜上的幻象。"救救我，医生。地面变得好柔软，我要陷进去了……"她摔倒在地，但是爬不起来，一边胡乱挥舞着四肢，一边向我求救。我只好过去把她抱上床，她在接触被子的一瞬间立刻爬到远离我的地方去。"医生，让我死吧。到处都是怪物……只要我也变成那样……"

我的蝴蝶是被嫉妒和占有的鬼怪迷住了眼。我对此深信不疑。现在她又受到了绝望的蛊惑。她的观念发生了颠覆，奇怪的想法被植入了她的大脑，她一心寻求死亡，认为那是最好的办法。

她依旧经常自言自语，对着空无一物的床和椅子，上面坐着她想象里的客人。她因为恐惧的刺激认为只有自己也变成怪物才能与恐吓她的东西抗衡，才能找到新的同伴。似乎是在潜意识的教唆下，她疏远了我，因为我是她通向自己乐园的阻碍者。有时她朝着空气微笑，我很伤感那对象不是我。再多的药物也挽救不了她已经被扭曲了的思想，只能延长她的睡眠时间，延缓她走向终点的脚步。我散布出蝴蝶患了传染病的谎言，让其他人对她避而远之，从而保护她暂时的安全。

可是……

冬天彻底结束的时候，蝴蝶跟着春天飞走了。我原本打算在院子的大树上为她做一个秋千。那是一个风和日丽的下午，树木抽出了新芽，积雪已经融化干净了。那天她异常的平静，我决定带她出去透透风。蝴蝶坐在树下的藤椅上，盖着我棕色的羊毛毯，她的气色仍然不好，脸色苍白双颊凹陷，比当初来到这里时消瘦了不少。她也破天荒地没有拒绝我的拥抱，我试探着亲吻她的嘴唇——干燥，并且带着一股药味，像干了的昆虫标本。

她趁我去仓库找木板的时候，用绳子把自己挂在了树枝上，等我拿着一块大小合适的橡木板回来时，蝴蝶已经挂在树上轻飘飘地摇摆着。她整日的安静就是为了积蓄力量把自己吊在树上。她白皙的脖子被勒出了深深的淤痕，眼睛却是紧紧地闭着，再也不用看见她所说的"怪物"。

我怀念她粉色的嘴唇和白嫩的皮肤，在无数个夜晚她做噩梦醒来，从领子里透出的一小片春光。她是囚禁在瓶子里的昆虫，让我想要触碰和占有，却因为她的脆弱不得不止步。到现在为止，我依旧不相信神明的存在。我无数遍的祷告都随着蝴蝶的离去埋在了粗糙的墓碑下面，还有我们共守的秘密。

我也一直看得到。

我的蝴蝶生病了。在她的眼睛上，覆盖着闪闪发光的翅鳞，不断地挥舞着，把磷粉洒进她的瞳孔。它们越长越大，像是某种雨林凤蝶的翅膀，描着金色的、带有毒粉的花纹。

蝴蝶的脸看起来就像是带着狂欢夜面具一样，用翅膀代替了眼睛看着我，看着这个世界。她的伤口长出触角，触角又缠绕成巨大的茧，一点点将她吞没。被嫉妒和孤独折磨的蝴蝶，招来了这样的怪物，她的情绪成为了它们的养料。

而我也不能幸免，她的磷粉洒进我的鼻腔，顺着呼吸道进入身体，流淌进血液，埋进心脏，萌发成不可遏止的占有欲，让我无论如何让都想将她留在身边。我可憎而龌龊的念头帮助那些怪物禁锢着蝴蝶，让她不能飞也不能解脱，活生生地折断了她的翅膀让她变成爬虫。

那些长在我心头的疤痕与磷粉，至今蠢蠢欲动，蝴蝶的翅膀包覆着我的心脏，让我寻找着她的代替品，折磨着她们，作为蝴蝶不辞而别的惩罚。可能我也变成她口中的"怪物"了吧，我这样想。不知道在她眼里，我又是什么模样。

失去了蝴蝶的我也依旧相信着鬼怪的存在。

并且越加坚定不移。

因为魍魉，住在人们的心里。

慈琪

/

耳语

1

2005 年的时候，我旅行到新奥尔良。两天之后，五级飓风袭击了这座老城，城内一片肮脏汪洋，被疏散到路易斯安那体育馆的群众得不到及时的政府救援，物资匮乏，每时每刻都在发生暴乱。

我所在旅馆处于高地，得以幸免淹没，但也被隔绝了。我不敢出门，一遍又一遍拨打电话，可通信系统早已瘫痪。深夜的时候，我躺在床上不敢出声，外面闪过一阵阵红光和碎裂的声音，不知道是火还是枪击。我陷在极端绝望恐惧的环境里，无所适从，手脚僵硬。

这时候，耳边轻轻响起了音乐。

钢琴的声音，从容不迫，最高音和最低音的距离只有六度，像雨点开始密集落下的时候，或一个身体轻盈的人，沿着一条直线不停地跳跃向前，足尖随着节拍轻快点地。

可我不知道这首曲子藏在哪里。空空的房间里既没有收音机也没有电脑。音符循着熟悉的路径渗进我的耳膜，凉凉的令人安心。也许它们只是在我脑中跳来跳去，外面的人根本听不到。

我闭上眼，在这寂静的音乐中睡着。

沉入黑暗。

2

讲个故事给你听，好吗？面前的苍白小人儿对我说。

好啊。我感到一种巨大的舒适和平静，在见到小男孩露出两颗洁白的小獠牙微笑的时候，也没有什么意外。

原来是吸血鬼啊。

难得有趣的梦。

耳朵痒痒的，故事的气息溜进来，盘踞在那里，难以分辨是冰凉还是温暖。

我出生在213年前的新奥尔良，美丽富饶的乔凡尼庄园里。大瘟疫来的时候，母亲死了，父亲悲痛无比，将自己投火而死。父亲死后，他原来的生意伙伴密谋杀死我们，瓜分庄园和奴隶。是姐姐卡特里娜把我从摇篮里偷出来，逃离了我们曾经的家。姐姐比我大八岁，像一只山雀。娇小，美丽。是的，就像一只羽毛翠绿的山雀。

姐姐从十岁开始独立抚养我，带着我住在贫民之家，一个聚集了流浪汉、杀人犯和走私者的地方。很难，她总是哭，可是哭完后还得出去给我找东西吃。她擦着眼泪爬出棚子的时候，我就坐在屋里哇哇大哭，声音刺耳而尖利，像饥饿的幼鸟。住在附近的流浪汉听得心烦，有时候会进来给我喂点儿酒，迫使我安静地睡着。

大约过了两年，有一个晚上，姐姐直到深夜还没回来，我早已哭得没了力气，干渴，饥肠辘辘，还在顽固地哑着嗓子尖叫、哭号。

这时候，帘子掀开了，一个人弯腰进来。他简直像一片黑夜，我连棚外的微光都看不到了，陷在他带来的雨水气息里面，不由自主地安静下来，但喉咙里还是一紧一紧地抽噎着。

"好孩子。"他轻轻地说，"乖宝宝。"

他把手伸向我，让我走向他。我迟疑着，因为没有人向我下过这样的命令。我不知所措地坐在肮脏潮湿的稻草上，含着手指头。

那个人没有不耐烦，只是盯着我微微笑着。我也直直盯着他的眼睛，尽管棚子里一片漆黑，那对眼睛却比黑夜更黑，像有魔力的漩涡，卷住我的目光往里拉扯。

"别对他下手！"

瘦小的身影从他背后一闪而过，冲过来把我抱住，一滴滴水珠从姐姐纠结杂乱的发辫上滴下来，掉在我的脸上。

我舔了舔嘴角，贪婪地吮吸这点清凉。

那人饶有兴趣地望着我姐姐，没有说话。

"一定要是我……或诺拉么？"姐姐的声音听起来干涩发紧。他们像是在此之前已经有过一次谈话了。

"是的，可爱的小姐——我为你们感到遗憾。要是你的父母没有因瘟疫而死的话，今天你们就无需分离。"

姐姐沉默了很久，随后，我感觉她的怀抱一点一点松开了。下一秒，我怔怔地坐在稻草堆上，周身一阵寒冷，而姐姐站在狭小的棚子里，伤心地，如同一只孤独的山雀。

"不要伤害他，也永远别告诉他。"她说，然后她慢慢走了出去。门帘有气无力地飘起又落下，终于不动的时候，我意识到，姐姐永远走出了我的世界。

没有留下任何离别的话，可我就是知道。姐姐走出了我仅有的、狭小潮湿的世界，走进了黑夜，那个我从未仔细打量过的地方。

陌生人还留在棚子里。

"姐……姐姐……"

我很害怕，我的声音笨拙发哑，可我呼唤不到任何人，父亲母亲，还有姐姐，他们都走了。

月亮移到了天空的正中央，透过棚顶的空隙照进来，一丝丝照亮陌生人的脸。

月光一样的白色。

那天晚上，陌生人抱着我离开了贫民之家。我们穿过穷人的街道，路过富人的豪宅，最后来到圣路易斯第一号公墓。我不知道这是什么地方，关于那个夜晚我能记住的只是一些轮廓和影子。而接下来的209年，我再也没有见到过太阳。

带我回来的那个人，叫卡戎。他抱着我走进墓地，在一排排小教堂般的白灰色墓室间穿梭，熟稔得像是走在自己的家中。月亮西沉，斜照在墓地上，将一切都拉出黑色细长的影子，一道道掠过我的眼睛。

随后，月光消失了，我被禁锢在陌生人冰冷的怀抱中，一步一步走进某个黑暗的墓室。

微弱的烛光亮了，昏红地在墙上颤抖，这里放置着两具棺材，一大一小。

卡戎将我放在一个温暖舒适的地方，早已哭累了的我，困得快睁不开眼睛了。

"晚安，孩子。"

我瞬间掉进了冰冷黑暗的睡梦。

当我醒来时，四周一片漆黑。我以为还在深夜，迷蒙地揉着眼睛爬起来，脑袋却撞到了硬硬的东西。

痛……

头顶传来移动的声音，然后亮光拢在了我身上。说是亮光，其实也就是淡淡的昏红色烛光，勉强让我认出自己身处何处。

我坐在一具小棺材里！

"晚上好。"

一种熟悉的腔调在我头顶响起，我抬头，看到一张苍白而年轻的脸。卡戎正似笑非笑地俯视着我。

我讷讷不能言，早先发生的种种事情在我心中搅成一片混乱。

卡戎将我从小棺材里抱出来，我看到墓室里多了一张小小的白石桌。尽管小，但做工很精致，上面放置着一盏水晶灯，灯下是给我准备的晚餐。那水晶灯和以前庄园里的灯具一模一样。看到它，我突然想到自己现在是孤单单一个，立刻想哭了。

卡戎制止了我。

"如果你不乖乖吃饭的话，你就再也见不到姐姐咯。"他轻轻地说，而我相信他是说真的。

晚餐很好，比我过去吃的都要好，葡萄是新鲜的，晶莹诱人；面包温热松软。

我从来没有感觉如此饥饿过。几乎是一瞬间，我吃掉了所有的食物。

卡戎没有与我一同进餐。他靠在墓室的壁上，端着一杯不知从何而来的红酒，望着我微笑。

"饱了？"

我点点头，胆怯地看着他。看到那杯红酒时，忍不住咂咂嘴。卡戎似乎愣了一下，神情突然变得古怪而有趣。随后他走过来，将红酒送到我面前。

那酒很红，即使隔了一点距离，我仍感觉到了它的温度。

莫名其妙的，很熟悉很亲切的温度，让我不寒而栗。

我渐渐知道自己的处境。卡戎不让我在白天出门，他自己也是。我在棺木中度过长久、无梦、黑暗而冰冷的白天，夜幕降临，我在小棺材里醒来，卡戎已备好我的晚餐。等我吃完，他会给我一杯红酒，和第一天一样——而我顺从地喝下它。每次喝尽最后一滴，我都感觉浑身发热，在冰冷的墓室中获得短暂的一阵温暖。

之后，卡戎就带我离开墓室，来到月光降临的墓园里。

我们在狭长苍白的小道上走着。晚餐与红酒令我有了力气，我一边走一边东张西望，偶尔回头，看到我们的身后只有一个影子。我的小影子在地上张开双手，像一只活泼的小蝙蝠。

"害怕么？"卡戎问我。他指的是周围那些灰白色的建筑物。

我摇摇头，我真的不害怕，仿佛那些建筑物不过是些平常的岩石和树木。

卡戎似乎很满意。

"血与灵都属于黑夜的好孩子。"他说，讥嘲地瞥了一眼墓室上那些林立的十字架。

我们走出墓园。路过守墓人的小屋时卡戎撩开他的黑斗篷将我遮住，只一瞬间的工夫，我们就到了园外。

"去过密西西比河畔么？"卡戎轻柔地问我，将我裹在斗篷中单手抱起来。

我沉默，无能为力地表示出我对他的排斥感。

他却愉快地笑了，胸膛微微震动。接着他伸出另一只手，蒙住我的眼睛。眼皮上冰凉而柔软，像是敷了一块正在融化的冰。

"我带你去。"

尾音淹没在呼啸的风声中。我感到身体失重，仿佛在云端，比卡戎的手更加冰冷的风掠过耳畔，随后被卡戎用斗篷遮挡在外面，我沉入温暖的黑暗之中。

斗篷掀开的时候，我们已经站在圣路易斯大教堂的最高处，细长的尖顶像随风摇晃的树枝，让我晕眩。我从来没有到过这么高的地方，面前是密西西比河，从这边流到那边，沾了沿岸所有亮晶晶的灯光。

"好看么？"

我傻傻地点点头，紧紧抱住卡戎的脖子，不顾冰凉。我害怕从钟楼上直接掉进河里，我掉进去也不会发出一点声音。

卡戎不止带我夜游密西西比河。他将黑夜中所有能看到的美丽惊人的东西，都送给了我。每个多云的、阴沉的或月光晴朗之夜，他带我走遍了新奥尔良以及更远的地方。他带

我去过幽灵沼泽，那里有鳄鱼悄无声息地浮过浑浊的水面，
一些透明的幽灵坐在树杈上对我微笑，缓慢地挥手；他带我
去过庞恰特雷恩湖，看到夜间沉睡的鹈鹕，像某种水生的果
实；他带我路过乌尔苏拉会女修道院，透过铁栏望进去，问
我："你看那座石雕女像有何感觉？"我老老实实地说："像白
蝙蝠……"卡戎一笑。

后来我才知道，那雕像是他们家族中多年以前的一位被
驱逐者，一位极其虔诚的修女。

"我的家族，存在很长很长时间了呢。"他似感慨地说，
然后眼神飘向我，"真希望你是我们睿魔尔家族的，可惜。"

我不明白他在说什么。这家伙神神秘秘的，说话总是留
一半，带我到各地夜游的时候话也不多。

无论是鳄鱼还是蝙蝠，都喜欢沉默。

我七岁的时候，终于意识到卡戎是什么人，或者说，什
么生物。

那个夜晚，我们正站在教堂之上，老地方，俯瞰流过光
芒的密西西比河。酒鬼和赌徒的喧闹声远远传来，不比水声
大多少。一个胖胖的老板娘走过河边，手里托着亮晶晶的烤
鸡和一些肉类。

"卡戎，为什么我们不能吃肉？"

"哦，你最好适应清淡的食物，对你的体质有好处。"卡
戎微微一笑。

"我不明白。"

"你会明白。"

一只野鸽突然落到我们脚边，咕咕地轻叫，迷了路的样子。我想悄悄过去摸摸它，但卡戎比我快多了，我还没有看清，野鸽就被他抓在了手里，不安地转动羽毛丰满的脖子，眼中倒映出微小的一枚月亮。

卡戎的手指鸽羽一样冰凉地划过它的颈间，靠近唇边。

我突然感觉颈间冒出一粒一粒的寒意。

血色漫过野鸽无声的黑色眼睛。月亮熄灭了。

我整整四天毫无食欲。卡戎却毫不为之所动，只在我抗拒进食时强迫我喝下一杯红酒。这样，我虽然什么都没吃，精神却好得很，至多有点恍惚。

对于那杯"红酒"，我极为抗拒。因为我终于知道那是什么——也许我早就应该知道了。

血。

在自己体内流淌不息，却从未目睹过的鲜血。它是别人的血，经过我的喉舌，融入我的身体我的血脉，带着残存的温度与气息。

"为什么让我喝这个？"我很愤怒。

"你最好适应它。"卡戎笑得更深了。

我憎恨他的笑容。

就像憎恨这间墓室，这些棺材，以及月亮下死气沉沉的墓园。

卡戎抚养我，教会我读书识字，带我在黑夜里行走，也带我去过热闹的夜市，他给了我现在所有的一切，唯一剥夺的，是我的姐姐。本来逐渐淡忘的姐姐的模样，在一个夜晚无比深刻地重现于我的心中。

我感到心慌，就像第一次被人从棚中抱出的时候。每次被放到棺材里，我都会莫名地立刻深深睡去，毫无自制地。这一个夜晚，黑暗中同样什么都没有，只是远远地传来隐约的鼓声，一声一声，越来越大，巨人在我看不见的地方重重顿足，震得我的耳膜隐隐作痛。

我以为这是一个梦，随后我惊醒了，发现自己心跳剧烈，几乎震破胸膛。同一刻，我察觉到另一个人的心跳声，和我的心跳同步，但是更剧烈。咚，咚，咚……

我并不是躺在自己的棺材中，而在卡戎的棺材里，趴在他的胸前。这里因两个人而拥挤狭小，弥漫着一股熟悉的血腥气味。

卡戎的脸比平时更加苍白，甚至有点发青。他低头冲我笑着，露出牙齿。

"有血。"我盯着他的脸，气息微弱地说。我不知道我要表达什么。

卡戎笑得更开心了，很诚实地承认："是呀，我吸了你的血。"

"那我会死吗？"我的意识开始模糊，喃喃地问。声音微小如同濒死的鸽子。

"不会。"

他抬起自己的手腕，给我看上面的牙印。小小的，稚嫩的牙印，伤口新鲜。

"你不会死，"他说，加重了语气重复道，"你吸了我的血，永远不会死了。"

从交换血液那天起，卡戒开始无所顾忌地将吸血鬼的生存知识教给我。我压根儿不想学，他就一直坐在我旁边絮絮叨叨，让我不得不听到了一些，并很不情愿地记住了。我想逃，可是卡戒比我强悍太多了，单手轻轻一带就把我桎梏在椅子里，继续对我说话，仿佛没有发生任何事情似的。

"你会习惯的。"每天早上他都这样说，强迫我张开嘴，灌下一杯温热的血液。

我眼前一片模糊，脑中却更加清醒。我宁愿昏过去。

十个月后，到了我的生日。

除了变成血族那一夜，我的体型变得更为修长有力之外，再也没有丝毫变化。我以七岁的模样度过八岁生日。然后是九岁，十岁。

我终于知道自己是不会长大的了。我将永远停留在小孩子的阶段，直到被毁灭的那一天。

卡戒警告我不要试图触碰阳光或火焰。它们是死亡。从小我被迫养成昼伏夜出的习性，对于隔离阳光也不是很排斥。有一次我想在阴天出去走走，被卡戒严厉地责骂了一顿。

"你不知道云和风向来不可靠吗？太阳随时有可能干掉你！你必须有身为吸血鬼的觉悟，别再闹小孩子脾气，你已经不是人了，不再是阳光底下的生物。你永远都别想看到白天的世界了。"

我沉默着。我越来越无话可说，有时候觉得自己生来是一株沉默的避光植物，旁边栖息着一只唠叨的黑蝙蝠。

只有一次我愤怒地质问他："为什么把我变成吸血鬼？"

"不是我把你变成吸血鬼的。"他平心静气地说，"你本来就应该是。"

"我不是！"我大声地嚷道，"我父亲母亲都是人，我生下来就是人！"

卡戎短促地笑了一声，讥嘲地说："你父亲是人？哈。"

"你什么意思？"

"不仅是你父亲，你姐姐也不是人。他们和我们一样，都是吸血鬼。"

他的话实在太侮辱人，我气得扑到他的胳膊上，张口便咬。

卡戎隔开我的攻击，语气轻松无比："你姐姐可是早就知道了。如果不是你，她就得被我咬上一口……她把你留给我的时候就认命了。"

我让他说明白，威胁他，咬他，对他拳打脚踢。但他打定主意，什么都不告诉我了。

"还没到让你知道一切的时候。"

——那个该死的"一切",到底是什么?

我的姐姐,卡特里娜,她把我留给卡戎,代她变成了吸血鬼?

圣路易斯第一号公墓每年有一天是俭骨日。一些家族的公墓里会空出位置来放入新的棺材,而在墓室待够一年的老骨头就会被倒入墓室的地下一层,和祖祖辈辈的残骸待在一起。

每到俭骨日,隔着棺材,我都听到外头传来一阵阵哭泣和喧哗,像梦中不断下着细雨。直到十岁生日过后我才知道,我住了六年的这间墓室,为什么从来没有人进来打扰过。

因为这是乔凡尼家族的公墓。

我那六年前已经消失的家族,如今只剩下我,或许还有我姐姐。六年来,没有新的棺木放进来。

卡戎让我看棺木上的家族标记,我毫无印象。离开的时候太年幼,关于家族,我的记忆一片空白。

"乔凡尼家族,鼎鼎大名。巨大的财富拥有者。"卡戎感叹道,我听不出他是说真的还是在开玩笑。

"为什么告诉我这个?"我忍不住问他。

卡戎叹了口气。

"我实在忍不住……忒弥斯明天晚上就要回来了。"

忒弥斯?

说出这样一个莫名其妙的名字后,他又不肯开口了。我心里愈加厌烦。

这一个夜晚，卡戎显得心神不宁。他坐在自己的棺材上，烛光映在他的脸上，仿佛那冰冷苍白的皮肤也有了血色，像真正的人类那样。我沉默地坐在自己的小棺材上，盯着卡戎的手。那双手青白分明，指尖偶尔微微颤动，不安地换一个姿势。

最后他终于肯跟我讲话了，首先是一句咒骂。

"该死！诺拉，你过来。我要告诉你一件事。"

我跳下棺材，伸了个懒腰，没搭理他。但是他的身影瞬间出现在我面前，揽住我，又回到棺材上好好坐着。我没有挣扎，虽然这三年我的力量以惊人的速度增长着，早已超过了卡戎，可我懒得再反抗他。因为反抗对我来说毫无意义。

"你仔细听着，卡特里娜的命握在你的手里。"这是六年以来我第二次听到他提到我姐姐的名字。他的眼睛睁得极大，青色的眼眶显示出，连日以来的犹豫和思考毁了他的睡眠。

"如果我说出真相，你会难以接受，并会比从前更恨我。但是请原谅，我必须这样做。卡特里娜出生时，你的母亲难产濒死，乔凡尼先生请求他的朋友，睿魔尔族的吸血鬼长老忒弥斯使用他的巫术之力施救，母女最终双双平安——吸血鬼不能和人做朋友？哦，当然，但乔凡尼先生同样不是人类。他是天生的吸血鬼，力量强大，可是不愿意沉溺在黑暗里。他热衷于人类世界的商业游戏，深爱你们的人类母亲。乔凡尼先生承诺，为报答救命之恩，等卡特里娜成年时，便自愿将全部的力量献给忒弥斯。这可是个巨大的报酬。可是，他的力量随着死亡而烟消云散，忒弥斯感到受了欺骗，暴跳如雷，几天之后，他将主意打到了你们身上。作为他的后裔仆从，我替他找到你们姐弟俩。你们是强大的吸血鬼的后代，由于一半血统属于人类，继承的力量也略有减弱。因此忒弥斯告诉我，必须让你们的力量合二为一……"

"合二为一。"我下意识地重复，感觉十分不舒服。

"一个力量被食，另一个获得两个人的力量。"卡戎小心地看着我的脸色，慢慢说。

我一句话也说不出来。身为吸血鬼之后我从未感觉身体不适，仿佛天生便习惯这种世界，可这句话让我觉得想吐，头晕目眩，想大口呕出自己身体里所有的水分和血液。

我的手紧紧抓着他的胳膊，所有的力气都集中在手上，其余地方虚弱无比。我听到他骨骼碎裂的声音，卡戎在苦笑。

"你每天都在给我喂食……我姐姐的血。"

在我的盯视中，卡戎下意识地想点头，又硬生生地刹住。

我的心中翻腾着逐渐汹涌的仇恨，以及嗜血的欲望，我想咬住卡戎苍白的脖子，无视血族同类不得相弑的戒律，吸干他最后一滴血……但我还有很多问题要问。最终，我只问了一句：

"姐姐现在在哪儿？"

移开自己的大棺材，卡戎拉开遮在棺材底下的石板门。那石板门的边缘已经磨损，看得出来经常使用的痕迹。

卡戎想抱我下去，我拒绝了。我不再愿意像个孩子。

墓室的第二层，姐姐竟然在这里，只隔了一层石板，伴我度过了无知无觉的六年。

我运用夜视能力四顾，满地灰白的骨灰，我知道那是我的父亲母亲，也是更老的祖先。更远的地方被黑暗淹没，隐隐露出一张方形的床铺轮廓，旁边有一张小桌，上面是黑漆漆的油灯。

卡戎落在我的身边，极轻地出声，连灰尘都没有惊动。

"卡特里娜睡着了。"

我先是不知所措地呆站半晌，而后才反应过来——姐姐就在我眼前。

她伏在熄灭的油灯旁边，胳膊下露出一角书页，长长的头发遮住了脸颊，只露出紧闭的双眼和皱起的眉头，睡得很不安稳的样子。她看起来简直就是个十二三岁的小女孩，而非18岁的成年姑娘。

几步路的距离，其实不远，我一瞬间就出现在姐姐身边，目光落在她的胳膊上。青白如玉，几乎毫无血色，和吸血鬼别无二致。

我心中一震，转头疾声问卡戎："你把她也变成吸血鬼了？"

"怎么可能。"卡戎苦笑，"如果变成吸血鬼，她的血就对你没有作用啦。放心，她现在还是正常的人类。"

我松了口气。刚刚情不自禁地放大了声音，姐姐惊醒了，猛地抬起头来，露出与我相似的面容，睡眼蒙眬。接着她看到了我，呆怔了几秒，喃喃地问："诺拉？"

她从桌边摇摇晃晃站起来，由于用力过猛而头晕目眩，旋即紧紧抱住了我。这时我才发现她多么瘦弱，几乎与我一般高，整个人像一把脆弱轻巧的树枝，啜泣声像树叶上的雨滴沙沙落下。

"忒弥斯在美洲待了六年，为了谋得另一个吸血鬼长老的全部力量，需要忒弥斯精心的策划。一个星期前，他给我发来消息，说他总算得手了。明天晚上，他会回到这里，杀了卡特里娜，然后吸食诺拉的力量。"

姐姐两手紧紧握着我的手，惶恐地望着正在说话的卡戎。

"吸食力量……是怎样的？诺拉会不会死？"

卡戎摇头。

"会成为没有力量的吸血蝙蝠，永远目盲地生活在黑暗的丛林里。"

我早已经按捺不住，心中的愤怒像砂子一样磨得胸腔发疼："他凭什么这么做！他要力量，我可以给他力量，为什么要杀姐姐！"

"多一个人知道这桩交易，就多一份风险。他从来都是个谨慎小心的老家伙，不可能给卡特里娜报复他的机会。卡特里娜一定会给弟弟报仇的，这一点我们没人怀疑。"

我不吭声了。这时的我才十岁，作为吸血鬼的生命也仅有短短三年，根本没有办法面对一个活了两百多年的老魔鬼，简直就像一片新长出来的叶子，轻轻一吹就不见了。

姐姐骨节分明的细弱手指用力抓着我的手，犹自抱有一线希望地问：

"我们有机会逃走么？"

卡戎迟疑了一下，说："可能性很小，但不是没有。"

"帮帮我们，卡戎，那个怪物……你会帮助我们的，是不是？"姐姐一连声地央求，语无伦次，卡戎露出一丝苦笑，轻轻将手放在我们的手上，坚定地。

"如果不愿意帮，我怎么会告诉你们这些事情呢。"

我不知道卡戎和姐姐最后制定了什么计划。快到天亮的时候，卡戎就把我赶进棺材睡觉了，我知道他没进棺材，而是回到石板门底下去了。心中有种奇怪的失落感，但很快，我陷入了疲累的睡眠之中。这一次我做了梦，多年来的头一回。

我看见自己独自站在圣路易斯大教堂的最高处，熟悉的地方。一个黑影出现在我的附近，我看到一袭眼熟的黑色斗篷。那人手中抓着一只鸽子，它安静亲切地盯着我，仿佛认识我的样子。

那人吸干了鸽子的血，将蓬松干燥的一团羽毛抛到了风中。这时候他抬起头来冲着我笑了，模糊扭曲的笑容。我忍不住喊了一声——

卡戎！

棺材盖吱呀呀地开了，我睁开眼睛，看到的不是平常叫我起床的卡戎，而是姐姐。

"卡戎呢？"

"他出去买一些东西……对付忒弥斯用的。"

"现在是什么时间？"

"下午六点了。"

我猛地坐了起来。

"卡戎在白天出去了？"

姐姐忧心忡忡地整理了一下我睡得乱七八糟的衣服："是啊，他说今晚买就来不及了。"

"可他不能在白天出去——"

"——我没事。"卡戎的声音疲倦地响起，比他的人更早到达墓室。"今天下雨，没有太阳，影响不大。"

他掏出一个用斗篷包严的东西，那东西散发出令我极为不舒服的强烈气息。卡戎打开自己的棺材，将它放进去，这才阻断了它的气息。

这时我看到卡戎的脸与手，显然还是被白天的光线伤害到了，有些灼伤的痕迹。

"那是什么？"

"圣阳花。"卡戎想了想，又补充道，"教堂里的圣阳花，每天以圣水浇灌的，遇到黑暗生物，它会瞬间开放，释放威力强大的光明能量。具体如何使用，待会我会告诉卡特里娜。这需要你的配合。"

"一盆花能杀死忒弥斯吗?"我有些失望地说。

卡戎笑笑,没有答话,却说:"今晚十点,忒弥斯的船到达新奥尔良港,午夜之前他就会到这里来。"

"那我们要怎么做?"我迫不及待地想知道他们的计划。

姐姐摸摸我的头,说:"待会告诉你,现在先吃点东西,补充体力。"

尽管我心中急躁,还是乖乖按她吩咐坐到了小石桌旁。姐姐和卡戎陪我一起进餐,但他们吃得都不多。姐姐一直对着我瞧,瞧着瞧着就掉下眼泪来。

我只好用衣袖为她不断擦去眼泪。

"没事的,卡特里娜,我们会打败忒弥斯,让那老家伙再也打不了其他血族的主意。"卡戎语气轻松地说。

忒弥斯来的时候,夜色比平常更加阴沉。已经下了一整天的雨水还在不断地落下来,在墓地里积成一汪一汪,吸收了周围所有的光线,仿佛每一滩都通往黑暗世界。

"你们还不告诉我计划!"我生气地对卡戎说,现在已经快到十点了,可他仍然没什么行动。

"放心,"卡戎拍拍我的脑袋,然后指着石板门说,"我们在下面做了陷阱,等忒弥斯来了,把他引下去就好了。"

"可靠么?"听上去那么简单,我心里很不安。

"不信你下去看看。"

我走过去,打开石板门。

"陷阱在靠墙的地方,走到跟前才能看得清。"卡戎跟在我身后说。

我下去了。紧接着，石板门轰然落下，我陷入了黑暗之中。

"卡戎？"

意识到不对劲，我跳到天花板上试图打开石板门。可是无济于事，上面被紧紧地压住了，我爬在石板门下面，从下往上又使不出多大劲。我疯狂地捶打，卡戎的声音穿透石板传来，遥遥地，像隔了很远很远的距离。

"诺拉，你乖乖待在里面，别出声。这里有我们就够了。放心。"

我不敢相信卡戎居然把我一个人留在这里，什么都帮不上，而毫无力量的姐姐还在上面，无遮无拦地面对危险！

"卡戎，开门！让我出来！"

这次却是姐姐回应了我。

"诺拉乖，忒弥斯随时都可能出现，如果你被他发现，我们就很难打败他了。"

我不敢再说话，强忍着哭泣，但还是有泪水不受控制地掉到地上，和骨灰滚做一团。我感觉自己好像失去了声音，心跳与气息被强行抑制住，只有听觉无限放大，透过密室嗡嗡的回音听到上面的动静。

有另一个人进来了。

"事儿办得如何，卡戎？"很圆润的声音，像油里的玻璃球，怪腻人的感觉。

"一切顺利。"卡戎平静地回答，"三年前我将诺拉变成血族，这几年他一直没有间断过吸食卡特里娜的力量。现在他差不多拥有与乔凡尼先生生前一般强大的力量了，只是还没学会如何使用。"

"很好，这很好。"忒弥斯说，我听出他高兴得发笑的声音，不由得一阵厌恶。

接着忒弥斯询问我在哪里，他一个字也没提到姐姐，我心中疑惑，难道姐姐不在上面了？

"前两天出了一点状况，忒弥斯。诺拉体内的力量不受他控制，有外泄的倾向，我只好将他关进棺材，强行让他入睡。"

"怎么会这样？"暴虐的气息猛然涨起，隔着一层石板我也能感觉得到，不自禁地瑟缩了一下。

"可能是强行吸收别人力量的缘故，融合得不稳定。"卡戎的声音依然很镇定。

忒弥斯的怒气这才复下来："噢，是这样。他毕竟还是个孩子。上星期我吸收了道格拉斯的全部力量，现在还没有消化完呢，害我每天都犯头疼——有没有酒？我现在头疼得要命。"

"有。"卡戎的声音一振，我知道他有些惊喜。忒弥斯的身体不适，又让我们多了一分机会。

倒酒的声音。忒弥斯的靴子来回踱步的声音。啜饮的声音。

"好了，把我们的诺拉小宝贝放出来吧。我要看看这孩子怎么样了。"

卡戎应了一声，我听到棺材盖缓缓移开的声音。不知道上面的情况究竟如何，我只能全身绷紧，耳朵不漏过一丝动静。

沉默了一会儿，忒弥斯慢慢地说话了，语气里带有一丝警觉：

"这孩子身上有光明能量，怎么回事？"

"我很早以前就发现了。似乎卡特里娜小时候接受过的教堂祝福，转移到诺拉身上了。"

"血族能承受得了教堂的祝福么？"忒弥斯语气古怪地说，"难道不会损坏他的身体？"

"我不知道。"

静默半晌，忒弥斯道："算了，先放过他，等我弄明白这件事再说。"

"您不想要他的力量了？"

"先等等……光明能量，有点蹊跷……"忒弥斯自言自语着，声音变得沉闷，我听出来他是将半身探入了棺材，想看得仔细点儿。

"咦，这小子长得真像个女孩。"

"您有点儿醉了吧。"卡戎的声音平静无波。

"还真是个俊俏的孩子呢……我等不及要吸他的血了。"忒弥斯低声说着，情不自禁的样子，我听到他的手划过另一个人的颈间，然后，是尖牙刺破肌肤，吸吮血液的声音。

这时候我突然明白发生什么事情了，还没等我作出反应，我听到上面重物坠下的声音，撕咬声，打斗声，还有忒弥斯疼痛而愤怒的尖号声，细长刺耳，像某种动物的惨嚎。

再也无法忍受这种煎熬，我用尽全力，一点一点推开石板门，跳了上去。第一眼我就看到卡戎的棺材，卡戎正拼命将忒弥斯压在棺材里，不让他出来。我的出现让卡戎面色一变，厉声喊道："把棺材盖上！"

我试图帮忙，却不知道他的用意，迟疑了一下。而听了这句话的忒弥斯挣扎得更厉害了，差点挣脱。卡戎再次向我喊道："快点！"

我不再犹豫，匆匆赶上去将棺材盖好，压在上面，感受到棺材里传来的随时可能脱困的力量。棺材盖上之前我看到里面似乎不止两个人，却没来得及多想，被忒弥斯那张凶狠恐怖的脸吓到，什么都忘了。

几秒之后，棺材中猛然爆发出强大的光明能量，将我掀开，重重砸到了地上。棺中最后传出一声长而凄厉的哀号，震得我的耳中嗡嗡作响。很快，棺材里什么动静也没了。我爬起来，摇摇晃晃走过去，打开棺材盖。

一阵烧灼的气息扑面而来，棺材里充满了烟雾。我看到一朵枯萎变黑的花落在黑色的斗篷上，斗篷下面的姐姐奄奄一息。她颈间的伤口很吓人，我不敢碰她，无法克制地哭泣起来。

"他们……都死了。"姐姐吃力地喘了一口气,因为疼痛和哀伤,眼中充满泪水,"卡戎……和他一起,被圣阳花的光明能量烧死了。"

我的心沉得像吊了一万只坠子。我拿起卡戎的斗篷,看到姐姐几乎整个身子浸在血泊之中。除了一种方法,我不知道还能怎样让姐姐继续活下去。

但是姐姐制止了我。

"不要。"她断断续续的声音几乎难以听清,"让我解脱吧……我不想变成吸血鬼。"

我不知道那一夜是怎么过来的,我抱着姐姐,将斗篷盖在她的身上,感到她一点一点变冷,再也抓不住她温暖的气息。

天亮的时候,我爬进自己的小棺材,自己盖好。闭上眼睛的时候,从未感到如此孤独。

3

在那以后,你就一个人过了两百多年?

嗯。小男孩点点头。

我似乎能感受到那两百多年的孤独,重重地压在一个小小的孩子心上。这实在难以忍受。可我没学过如何安慰一个悲伤的小吸血鬼。

倒是他主动告诉我，他为什么要将自己的故事讲给我听。

飓风过后，新奥尔良一片混乱，变成了死灵之城。黑暗力量前所未有地充沛，一些血族趁机出来大肆狩猎。就在这个房间外面，有几个血族想伺机袭击你。但我在这里，他们对付不了我，不敢乱来。你今晚是安全的，但最好赶快离开新奥尔良。

得知被好几个吸血鬼盯上，我不由得心慌："可你为什么要保护我？"

"我现在彻底属于血族，以这副哀伤的模样在世间活着，永远不能长大，不能死去，永远没有勇气走到阳光下。除了我以外，我希望还有人知道，卡戎和姐姐为我继续活下去付出了什么样的代价。我对这件事从来没有释怀过，因为直到现在，我还没有找到我存在于这个世界上的意义，也不知道他们为我而死究竟有何意义。谢谢你听完这个故事，一直以来，都没什么人愿意听一个小孩子讲这些莫名其妙的事情。我现在心中好受多了。"

"我能把这些故事写下来吗？……给更多的人看，可以吗？"

他沉默了一下，说："请随意。"

然后，耳边霎时空空荡荡，再也听不到任何声音了。

第二天清晨，我立刻找到一艘同意载客的私人快艇离开了旅馆所处的高地，到了新奥尔良国际机场。飓风登陆后第二天，这个机场就利用发电机发电恢复了运营，但仅用于救灾，包括运送救灾物资和疏散灾民。我只好在机场旁找了家看上去安全些的商务酒店，战战兢兢住了两周，总算得以回国。

在酒店里，我一直没有停笔，将我能记得的故事全部写了下来，可还是遗忘了不少情节。那一晚的叙述如此微妙，像夜里出现的星星，到了白天，便忘记了它们曾经出现过的位置。

但愿诺拉能够原谅我。

图书在版编目(CIP)数据

白日做梦/零杂志编.—上海:上海人民出版社,
2015

ISBN 978-7-208-13111-8

Ⅰ.①白… Ⅱ.①零… Ⅲ.①短篇小说-小说集-
中国-当代 Ⅳ.①I247.7

中国版本图书馆 CIP 数据核字(2015)第 143866 号

出 品 人 邵 敏
责任编辑 邵 敏 崔 琛
封面装帧 钟 颖

世纪文睿出品

白日做梦
零杂志 编

出 版 世纪出版集团 上海人民出版社
(200001 上海福建中路 193 号 www.shsjwr.com)
出 品 世纪出版股份有限公司上海世纪文睿文化传播分公司
发 行 世纪出版股份有限公司发行中心
印 刷 上海景条印刷有限公司
开 本 889×1240 1/32
印 张 6.5
字 数 125000
版 次 2015 年 8 月第 1 版
印 次 2015 年 8 月第 1 次印刷
I S B N 978-7-208-13111-8/I·1407
定 价 25.00 元